우다다, 삼냥이

대한민국 대표 캣맘과 세 고양이가 살아가는 소소한 일상으로의 초대

우다다, 삼냥이

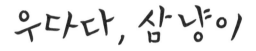

황인숙 지음 염성순 그림

오픈하우스

목차

쿵! 쿵!

아, 덥다! 땀범벅이 돼 계단을 오르는데 다리가 후들거린다. 엘리베이터가 없는 4층 건물의 옥탑, 즉 5층까지 오르내리며 살기엔 내가 좀 연로했나 보다. 그토록 계단을 좋아했건만. 더욱이 제일 꼭대기에 있는 건 한 사람이나 통과할 만하게 좁고, 심약한 사람은 현기증을 일으키리만치 가파른 철제 계단이다.

열려라, 참깨! 자물통 번호를 누르고, 문을 열기 전에 가방으로 방어 태세를 갖춘다. 잽싸게 튀어나갈 틈을 노리는 '보꼬' 때문이다. 아니나 달라? 툭, 튀어나오려는 보꼬를 탁, 가방으로 막았다. 분한 듯 힝힝거리며 물러서는 보꼬.

어스름 속에 조르르 모여 앉아 있던 예쁜이들이 내가 들어서자 이리저리 신 나게 뛴다. 그래, 나도 반갑다! 외출이

길어질 줄 모르고 불을 켜지 않은 채 나갔었다. 하얗게 빈 예쁜이들 밥그릇을 채워주고, 세수할 기운도 없이 지쳐 침대에 널브러져 있는데 쫓아 들어온 '란아'가 징징댄다.

"왜, 란아?"

옥상으로 통하는 방충문을 열어 달라는 건 줄 뻔히 알면서 모르는 척 물으며 계속 눈을 감고 있다가 살풋 잠이 들었다. '명랑'이의 째지는 울음소리에 깼을 때는 한소끔 잔 뒤라 머리가 맑았다. 목소리 큰 놈은 못 당해. 내가 몸을 일으키자 란아가 얼른 방충문 앞으로 달려가고 그 뒤를 명랑이가 거드름 피우는 걸음걸이로 어슬렁어슬렁 따라간다.

"이 문 열어 달라고?"

옥상 방충문에 손을 댄 채 갸웃이 란아를 내려다보며 짐짓 묻는다. 란아가 내게 순정한 눈빛을 보이는 유일한 순간이다. 제일 먼저 란아가 튀어나가고, 명랑이는 문턱에 앞발을 올린 채 잠시 숙고하다 나간다. 빈 택배 상자 안에서 웅크리고 자던 보꼬가 잠이나 더 잘까 어쩔까, 눈을 끔뻑이더니 꿈지럭거리며 일어나 합류한다.

쌓인 설거지를 마치고 수도꼭지를 잠그자 옥상 쪽에서

쿵, 소리가 들린다. 또 시작이군. 야옹이들이 옥상에서 아래
층 차양으로 뛰어내리는 소리다. 아래층 이웃을 잘 만나 다
행이다. 그 집에는 네 마리의 개가 있는데 그중 '미니'라는 이
름의 닥스훈트는 관악기처럼 긴 주둥이로 우렁차게 짖어대
는 게 큰 낙이다. 그 집 현관문을 열어놓은 날이면 통로에 나
앉아 있다가, 특히 내가 지나다닐 때마다 쩌렁쩌렁 짖는다.
나한테 별 악감정 없이 그런다. "아이, 스트레스 확 풀려!" 하
는 얼굴로 방실방실 웃으며. 그 때문에 그 댁 아주머니가 몹
시 미안해하시지만, 밤마다 우리 야옹이들이 폐를 끼치는 만
큼 오히려 비길 게 있어 마음이 다소 편하다. 그렇더라도 쿵,
소리에 매번 가슴이 철렁 내려앉는데 쿵, 소리가 그치지 않
는다. 언제부터 저랬을까? 다른 때는 많아야 한 놈당 두세
번인데. 무슨 일이지? 아, 보꼬! 몸 무거운 보꼬가 내려갔다
가 올라오지 못하고 있나 봐! 전에도 그런 적이 있어서 의자
를 내려 도와줬었다. 허둥지둥 나가봤더니 보꼬는 옥상에 오
두마니 앉아 있고, 아래층 차양에서 란아가 막 올라온다. 쿵,
쿵, 오르락내리락. 오랜만에 밖에 나가니 너무 좋아서 조증
이 났나 보다. 아무리 너그러운 이웃이라도 참기 힘들겠다.

"란아, 너 그럴 거야?"

째려보면서 목소리를 죽이고 야단쳤다. 말귀 하나는 잘 알아듣는 우리 란아. 코끝을 치켜들고 날렵하게 집 안으로 뛰어들어간다.

"너네도 들어가자."

명랑이는 나를 따라 들어오는데 보꼬 녀석이 꼼짝도 않는다. 할 수 없이 잡으러 나갔더니 은근히 제일 말 안 듣는 보꼬 녀석, 샐샐 웃으며 도망다닌다. 두 녀석이 다시 나올까 봐 방충문을 닫아놓고 보꼬와 술래잡기를 했다. 치사한 녀석, 잡힐 거 같으니까 또 거기로 가는구나! 길이 6미터, 폭 50센티미터 남짓인 좁다란 공간. 그 끝에 퍼질러 앉아서 유들유들 나를 바라보는 보꼬. 한쪽은 옥탑방 벽이고 한쪽은 무릎 한 뼘 위쯤 되는 나지막한 난간이다. 망설이다가, 허리를 낮추고 부들부들 떨면서 접근하니까 당황하는 보꼬. 나를 피하려다 옥상 난간 바깥으로 떨어지는 불상사를 일으킬까 겁나 여차하면 포기할 생각이었는데 보꼬가 먼저 체념하고 순순히 잡힌다. 보꼬를 안고 거의 주저앉다시피 한 자세로 몸을 돌려 엉금엉금 위험지역을 빠져나왔다. 무서워서 혼났네!

내, 이놈을 그냥!

　잘 시간인데 어쩌자고 냉장고 문은 열었단 말인가. 찐 단호박을 보자 너무 오래 둔 게 아닌가 걱정이 됐고, 상하지 않았나 냄새나 맡아보자던 게 어느새 그릇째 끌어안고 다 먹어치우고 있다. 목이 메어 포도주스도 곁들여서. 내가 먹는 것에 촉발된 듯 보꼬도 밥그릇에 코를 박고 있다. 혼자서도 먹고 다른 야옹이들이 먹을 때 또 먹고, 내가 뭔가 먹을 때도 먹고. 쯧쯧, 그러니 보꼬야, 네 엉덩짝이 남산만 해질밖에.

　한밤의 포식을 묽히려고 마사지 벨트를 허리에 둘렀다. 이 진동음도 여간 아닌데. 우리 아랫집 식구들 팔자야…….

박스쟁이 보꼬

고양이란 족속이 대개 박스를 좋아하지만 우리 보꼬는 아주, 몹시 좋아한다. 택배가 오면 옆에서 기웃거리다가 포장 박스가 채 비기도 전에 그 안에 뛰어든다. 큰 박스에는 도움닫기로 간신히 들어가서 마냥 행복한 얼굴로 뒹굴거리다 나오고, 자기 몸 반밖에 안 되는 작은 박스에도 어떻게든 들어가려 머리를 들이대고 바둥댄다. 그래서 택배 상자를 즉시 버리지 못하고 하루나 이틀쯤 두는데, 요즘 보꼬가 애용하는 박스는 단단한 재질의 아담한 크기로 한 달이 넘도록 버리지 않고 있다. 줄자로 재보니 가로세로 27센티미터, 높이 14센티미터. 원래는 네모 반듯한 육면체인데, 음…… 좀 둥그스름해졌다. 보꼬의 푸짐한 몸에 밀려 늘어진 것이다. 가끔 란아가 들어가 자는데 참으로 널널하다. 보꼬가 입으면 쫄바지, 란아가 입으면 핫바지.

　보꼬는 박스에 몸이 꽉 차서 박스 턱에 제 턱을 걸치고 잔
다. 어떤 때는 용하게도 얼굴을 가슴패기에 밀어 넣고 등짝
만 보이는데, 영락없는 인절미 한 말이다. 보꼬야, 괜찮어?
갑갑하지 않니? 앙! 우리 먹음직한, 이쁜 보꼬!

명랑이니?

아기를 어르는 사람이 그렇듯 고양이와 있을 때면 내 입에서 별 이상한 소리가 다 나온다. 누구든 들으면 배를 쥐고 웃을 것이다.

한숨 낮잠 뒤 깨어났을 때 내 옆구리에 바짝 기대 있는 고양이가 있다면 그것은 명랑이다. 다른 두 녀석은 그러는 법이 없다. 심지어 란아 녀석은 어쩌다 내 발치에서 잠이 들었다가도 내가 감격해서 손을 뻗어 쓰다듬을라치면 화들짝 놀라며 쌩하니 달아난다. "엥~" 소리와 함께 쌀쌀맞기 이를 데 없는 표정이 돼 몸을 피하는 꼴이 마치 내가 제 순결을 훼손하려 들기라도 한 듯하다. 별꼴이다.

옆구리가 포근해서 손을 뻗으면 명랑이의 커다란 머리통이 만져진다. 머리통을 쓰담쓰담하면 골골골골골, 달콤한 골

골송. 나는 천하에 간사한 목소리로 "우리 명랑이니?" 웅얼거리며 눈을 지그시 맞춘다. 잘생긴 수고양이 명랑이가 순정한 눈망울로 그윽이 나를 마주본다.

우리 명랑이~
우리 분홍 코~
우리 꼴랑이~
꼴랑~ 꼴랑~ 꼴랑~ 꼴랑~

순식간 작사 작곡한 노래에 맞춰 명랑이 목 밑을 살살 긁어준다. 명랑이는 골골골골, 골골골골. 나는 거의 육정에 겨워 명랑이 머리통을 끌어당기고 이마와 코에 쪽쪽, 뽀뽀를 해준다. 명랑이는 골골거리다 못해 가볍게 이를 간다. 명랑이가 최고로 기분 좋을 때 하는 짓이다. 명랑이는 세상에서 나를 제일 좋아해! 란아한테도 이 가는 소리는 들려준 적 없을걸?

혹자는 내가 애가 없어서 고양이로 그 결핍감을 채우는 거라 말하겠지. 아이고, 분해. 고양이나 키워보고 그런 말씀 하시라지.

꼬리치는 고양이

흔히 개와 고양이 사이가 나쁜 건 커뮤니케이션이 안 돼서라고 한다. 예컨대, 개는 호감을 느낄 때 꼬리를 치는데 고양이는 경계심을 느낄 때 꼬리를 친다나. 그런데 우리 보꼬는 좋은 기분을 드러낼 때 꼬리를 친다. 강아지들이 장난으로 싸울 때 내는, 아주 달콤하게 코를 울리는 아르릉 소리를 툭하면 내는 것도 영락없이 개의 행태고. 어쩌면 보꼬가 아가 시절을 개와 함께 지냈을지도 모르겠다. 보꼬는 4개월령쯤 됐을 때 집 앞에서 만난 고양이다. 털에 샴푸냄새가 남아 있고 사람을 잘 따르는 걸로 미루어 순한 사람 손에서 사랑받으며 자란 게 분명한데, 무슨 경로로 우리 골목에 있게 된 건지 이따금 궁금하다. 길고양이가 아니었다는 것 외엔 보꼬의 과거를 알 수 없다. 모습이나 성질이나 너무도 사랑스러

19

운 치즈태비인데 어쩌다 보호자를 잃었을까.

보꼬는 자다가도 내가 부르면 살랑살랑 꼬리를 친다. 내 목소리만 들려도 꼬리를 친다. 아무리 불러도 꼬리를 치지 않으면 어디 몸이 안 좋은 거다.

지금 보꼬는 불우고양이돕기 바자에서 산 원목 고양이침 대에서 자고 있다. "보꼬야~" 부르니 꼬리를 치면서 고개를 들고 나를 본다. 이쁜 녀석! 살랑살랑 한참이나 꼬리를 치다 다시 머리통을 떨구고 잔다. 문득 이 녀석이 진짜 제 이름을 알아듣기나 하는 건지 궁금하다. 그래서 보꼬를 정확히 향해서 "명랑아~" 불러보았다. 꼬리 끝만 움찔하고 쿨쿨. "명랑아~" 계속 쿨쿨.

만세! 보꼬는 제가 보꼬라는 것을 아는 것이다. 미안, 보꼬. 내가 너를 우습게 봤다. 애가 좀 백치미가 있어서리.

앙골라 셔츠

대청소를 할 때면 번번이 방 구석진 곳에서 정체불명의 앙골라 셔츠 따위를 발견한다. 고양이털이 디글디글 촘촘히 박혀 있다. 강력 테이프로도 이루 뗄 엄두가 안 난다. 초벌로 털 제거기를 대고 문질러도 아무 효과가 없다. 손으로 한 올 한 올 뽑는 수밖에 없다. 어느 세월에! 팥쥐 엄마가 콩쥐한테 시키는 일도 이보단 수월할 것이다. 아무리 털털하고 털에 대범한 나지만 고개를 저으며 포기한다. 그다지 비싼 옷이 아니어서 다행이다. 그런데 누군가 이 폐기물을 눈여겨본다면, 대체 이 물건에 무슨 일이 일어난 걸까 궁금할 것이다. 고양이를 기르는 사람만이 알아볼 것이다. 괭이 한 놈이 애지중지 부비고 친했던 물건이라는 것을.

우리 란아 녀석. 나를 별로 좋아하지도 않으면서 내 옷은 어찌나 좋아하는지. 투덜거릴 것 없다. 다 내 불찰이다. 내 옷을 방바닥에 끌어내려 깔아뭉개는 게 란아의 큰 도락인데 그걸 알면서도 의자 등걸이마다 겹겹 옷을 걸쳐놓고 사는, 내 게으름과 칠칠치 못함이여.

팥쥐 엄마 얘기가 나와서 말인데, 현재 서울에서 팥쥐 엄마가 콩쥐를 교묘하게 괴롭히자면 매일 길고양이한테 밥 주라고 시키는 일만한 게 없을 터이다. 허구한 날 콩쥐가 뭇사람들한테 봉변당하는 꼴을 볼 수 있으리. 머지않아 콩쥐는 폭삭 늙어 팥쥐 언니가 아니라 이모처럼 보이리.

고양이 누가

버스에서 내리니 비가 오기 시작했다. 너무 늦었다. 야옹이들이 '이게 미쳤나?' 하고 욕하겠다. 얼른 밥 갖고 나와야겠다는 일념으로 허위허위 걸어 집에 다다를 즈음에는 빗줄기가 거세졌다. 그래도 홈빡 젖기 전에 이제 곧 비를 피할 수 있으니 다행이라고 생각하는 참에 아래층 아주머니가 문간에서 반기신다.

"저기서 고양이가 아까부터 울고 있는데요."

아주머니가 가리키는 곳은 건물 앞 화단이다. 이런! 낭패스런 예감을 억지로 밀어내며 귀를 기울인다. 조용하다.

"갔나 본데요?"

"아니에요. 조금 아까까지도 울었어요."

"새끼고양이예요?"

"네."

대답하며 아주머니가 화단 구석, 부러진 나뭇가지와 돌무더기가 쌓인 곳으로 발을 옮기시고 내가 주춤주춤 그 뒤를 쫓을 때, 어린고양이 울음소리가 들리기 시작했다.

"있네, 있어!"

아주머니는 안도의 탄성을 지르고, 나는 '제게 이 짐을 지우지 마옵소서!' 기도하는 마음을 숨기고 아주머니를 앞질러 가서 나뭇가지를 들췄다. 작은 수박만 한 돌덩이 뒤에서 푹 젖은 새끼고양이가 삐약삐약 울고 있다. '도망가라, 도망가!' 주문을 걸었지만 새끼고양이는 난짝 내 손에 잡혔다. 내가 가방에 새끼고양이를 넣고 계단을 오르자 선량하신 아래층 아주머니는 기쁜 한숨을 쉬셨다. 오, 갓!

한 철없는 커플이 월세가 밀리자 도망가면서 좁은 철장에 가둔 채 단칸방에 버려둔 고양이 일가족 일곱 마리를 입양시키느라 고양이카페 친구들과 더불어 골머리를 앓은 뒤였다. 이제 온라인에서 불쌍한 고양이 사연은 눈도 주지 말자고 결심했는데 오프라인에서 직방으로 만나는구나! 네 엄마는 왜 새끼를 떨구고 다니는 거냐? 하릴없이 팽이 어미나 원망했

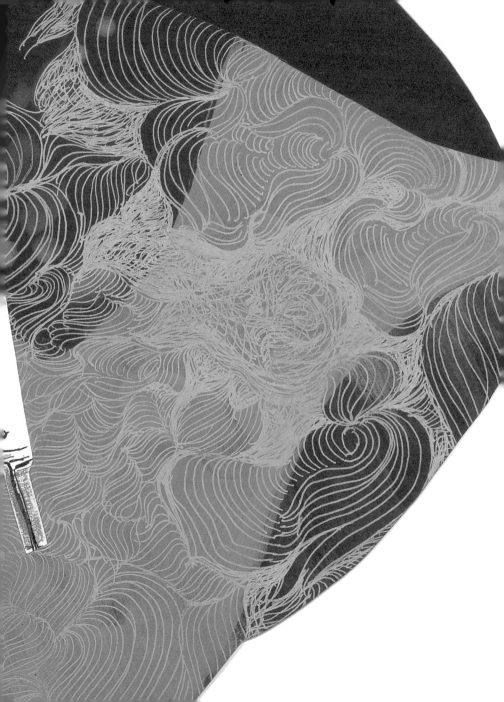

지만 그녀가 무슨 변을 당한 건 아닐까, 그 또한 심란했다. 아무튼지 비가 억수같이 쏟아지는데, 데리고 들어오게 돼 다행은 다행이다만.

버선발로 달려와 반기던 보꼬가 새끼고양이 울음소리를 듣고는 "으릉!" 못마땅해하는 소리를 내지르고 휙 가버린다. 보꼬는 이상할 정도로 고양이를 싫어한다. 란아만이 보꼬가 좋아하는 유일한 고양이다. 어릴 때 탁묘여행 등의 사정으로 고양이를 믿을 만한 집에 맡기는 일 갔던 명랑이가 한 살 다 돼서 돌아왔을 때도 스트레스를 너무 받아 급성위염이 생겨서 사흘간 피를 토했던 보꼬. 장롱에 올라가 구석에 처박힌 걸 보니 어지간히도 심기가 편치 않은 모양. 야, 나는 뭐 기분 좋은지 아니?

새끼고양이가 들어 있는 가방을 어깨에 멘 채 드라이기를 꺼내서 거치대에 걸쳐놓은 뒤 플러그를 꽂아놓고, 보일러실에서 철장을 꺼내들고 화장실로 들어가는 동안 란아와 명랑이가 궁금한 얼굴로 따라다닌다. 화장실 문을 닫고 일단 더운물로 새끼고양이를 씻겼다. 너무 작다! 이렇게 어린고양이는 처음이다. 큰일 났네. 일단 씻기고 말려서 철장에 넣고 화장실에 두었다. 보꼬 녀석 때문에도 그렇고, 우리 고양이들처럼 예방주사를 맞히지 않고 키울 경우 길고양이와 접촉하면 전염병이 옮을 수 있기 때문에 되도록 격리해놓는 게 상책이다. 그나저나 배고플 텐데 뭘 먹인담?

일단 철장에 물그릇을 넣어주고 컴퓨터를 켠 뒤 고양이카페에 접속했다. 자정이 훨씬 지나서인지 친한 사람이 아무도 들어와 있지 않다. 사연을 대충 적은 뒤 초유나 분유를 구한다는 게시물을 올리자 곧 댓글이 붙었다. 이런 고마울 데가! 먹이고 남은 분유가 있는데 무료로 주겠다는 것이다. 수색이라니 우리 동네에서 좀 멀기는 했지만 감지덕지 택시를 타고 달려갔다. 변두리 동네의 한산한 새벽 거리에서 초면인 사람들이 고양이 분유통을 주고받는 건 고양이카페만의 미풍양속이다.

그 난리를 떨면서 구해온 분유를 새끼고양이는 먹지 않았다. 끓인 물에 분유를 타서 알맞게 식혀 주었건만 거들떠보지도 않았다. 그래서 플라스틱 숟가락으로 떠서 억지로 입을 벌리고 잇새에 흘려 넣어주었는데 목구멍을 넘긴 건 몇 방울, 나머지는 다 줄줄 입 밖으로 새고 등짝과 머리통에 흘리고. 진땀 빼며 그릇을 반 정도 비웠을 때쯤 야옹이는 온통 끈적끈적한 분유를 뒤집어쓴 꼴이 됐다. 아주 고양이 누가를 만들어버렸다. 더운물로 수건을 적셔 대충 닦아주고 나니 동이 터간다. 고양이는 삐약거리며 계속 울고. 아, 몰라. 일단 자야겠어!

두 시간 정도 자고 일어났는데 어째 조용하던 새끼고양이, 내가 화장실 문을 열자마자 빽빽 울어대기 시작한다. 물그릇이 엎어져서 깔고 자라고 넣어준 수건이 흠뻑 젖어 있다. 뭘 먹이긴 먹여야 할 텐데 분유도 먹지 않으니 어쩐담⋯⋯. 혹시나 해서 우리 애들 사료를 그릇에 담아 밀어주니, 세상에! 오도독오도독 잘도 씹어 먹는 게 아닌가? 완전 헛수고에 헛돈을 썼네. 택시비로 날아간 내 3만 원, 아깝고 아까워라! 그나저나 다행이다. 대견하기도 해라. 저렇게 작은 고양이가 사료를 다 먹을 줄 아네!

우리 보꼬랑 명랑이처럼 노란색 줄무늬인 아기고양이는 아주 예쁘고 야무지고 성격이 살가웠다. 철장 밖에 내놓으니 나를 졸졸 따라다닌다. 누가 며칠 키우다가 작정하고 우리 집 앞에 버리고 간 게 아닌가 의심이 들었다. 그나저나 얘를 어쩌지? 주위에 이제 고양이 입양 보낼 데라고는 한 군데도 없는데. 궁리하다 만화가이자 동화 작가인 어린 친구, 선현 경한테 전화를 걸었다. 그 집이 셋째 고양이를 들이는 데 두 번이나 실패한 터여서 아마도 거절하리라 각오했는데, 고마우셔라! 선현경 님은 별 토를 달지 않고 내 사정을 헤아려 한달음에 달려와 주셨다.

"이쁘네!"

얼마나 듣기 좋은 말씀이신가! 새끼고양이인 데다 여자아이니까 그 집의 텃세 심한 스코티시폴드 수놈도 애를 내치지 않을 것이다. 그 집 셋째가 되면 복 터진 거지, 뭐. 선현경이 확답을 하지는 않았지만 너무도 선선히 데려가는 걸로 미루어 서광이 비친다. 어찌 됐건 창졸간에 닥친 재난(?)이 해피엔드여서 얼마나 다행인가. 아가고양이를 보내고 나는 잠에 푹 빠졌다. 아마 보꼬도.

캔 내놔!

　내가 방바닥에 누워 있으면 어느새 명랑이가 내 옆구리에 바짝 몸을 붙이고 고롱거린다. 스스로 내 옆에 오는 놈은 명랑 이뿐이다. 전화 통화를 하면서 쪼그려 앉아 있을 때도 고롱고 롱 고로롱 소리를 내면서 내 코앞에 명랑이가 턱을 받치고 앉 아 있다. 호동그란 명랑이의 눈. 사랑이 가득한 꿀빛 눈. 어찌 나 달콤한지. 영화배우 베티 데이비스의 눈만큼이나 예쁘다.

　"명랑아, 너 내가 캔 안 줘도 나랑 같이 사는 게 좋지? 캔 많이 주는 딴 사람이랑 사는 게 좋아, 아니면 캔 하나도 안 줘도 나랑 사는 게 좋아?"

　명랑이에게 묻는다. 명랑이는 고롱고롱 고로롱거리며 대 답한다.

　"캔 줘! 얼른!"

얘들아 미안하지만

야옹이들이 신 나게 놀고 있거나 오붓이 자고 있을 때면 방해될까 봐 청소를 못 한다. 진공청소기 돌리는 걸 제일 질 색하는 건 명랑이다. 청소기를 꺼내놓기만 해도 허둥지둥 피한다. 란아는 캣타워 위에 올라가 못마땅한 얼굴로 내려다보고, 보꼬는 역시 느긋하다. 박스 모서리에 턱을 괸 채 청소하는 걸 구경하다가 이윽고 다가가 제가 들어 있는 박스를 발로 밀면 살짝 긴장하고 흥분하면서 그 기분을 즐기는 것 같다. 내가 실수해서 진공청소기를 직접 박스에 부딪치면 발끈해서 튀어나가지만.

생각해보니 진공청소기를 사용한 지 5년 남짓밖에 안 됐다. 그전에는 친구한테 선물 받은 것도 안 쓰고 다른 사람한테 줘버렸다. 아무래도 내게 기계 기피증이 좀 있는 것 같다.

옥션 중고매장에서 '먼지 따로 청소기'를 6만 원에 구입했어요. 그동안은 한 손에 빗자루 또 한 손에 소형 청소기 들고, 밭매는 콩쥐처럼 쪼그린 채 청소했었거든요. 와, 문화 충격입디다! SF영화의 엘리베이터 오르내릴 때처럼, 진공으로 빨아들이는 힘찬 소리도 시원스러웠고요, 먼지 따로 집진통에 들여다보이는 둥드럿한 야옹이털 뭉치라니! 장엄하더군요. 자랑 자랑하고, 또 강추합니다. 먼지 따로 진공청소기! 제가 이 신새벽에 좀 조증이죠? 그저 흐뭇할 따름. 음하하핫!

3년쯤 열심히 활동했던 인터넷 고양이카페에 올렸던 청소기 구매 후기다.

그러고 보니, 지금은 스팀청소기로 걸레질을 하지만 그 전에 한동안은 마대로 걸레질을 했다. 우리 보꼬가 또 마대 걸레의 풀린 올을 그렇게 좋아했었지. 완전 정신을 잃고 걸레를 쫓아다녔었다. 장난감 낚싯대 같은 걸 흔들어줄 때면 명랑이나 란아는 아주 활발히 쫓아다니는데 제 몸을 꽤나 아끼는 보꼬 녀석은 부딪힐까 봐 떨어져서 구경만 하기 일쑤다. 보꼬 운동도 시킬 겸 마대 걸레를 다시 사용해볼까?

생굴 파티

내가 생굴을 좋아하는 걸 익히 아는 한 후배가 남해 사는 제 친구에게 생굴을 보내달라 청해놨다. 그래서 배송지인 우리 집에서 새해맞이 생굴 파티를 열기로 했다. 손님들을 들일 참이니 대청소를 해야지. 잡동사니를 쌓아놓은 식탁을 치우는 데만 꼬박 두 시간이 걸렸다. 몇 달 만에 스팀청소기로 방바닥도 닦고, 화장실도 최선을 다해 씻어내고. 아, 곤하다! '딥 퍼플' CD를 되풀이 돌아가게 해놓고 바지런히 움직이는데 명랑이가 불안해하는 울음소리를 내며 영 못마땅한 기색이다. 내가 이러는 날이면 인간들이 쳐들어온다는 걸 알기 때문이다. 명랑이는 나 외의 모든 인간을 무서워한다. 미안, 미안!

인터넷 고양이카페에 가입해 있던 동안에는 한 2년, 고양이친구들을 자주도 불러들였었다. 그들이 돌아갈 때까지, 어떤 때는 열 시간 가까이 침대방에 틀어박혀 꼼짝도 안 하던 명랑이. 여섯 시간쯤 지나면 란아는 벽에 바짝 붙어서 포복 자세로 화장실을 다녀가기도 했지만, 명랑이는 오줌보가 터질 지경이었을 것이다. 어느 날 문득 명랑이에게 너무 가혹한 처사였다는 걸 깨닫고 되도록 사람을 들이지 않았다. 그치, 명랑아? 아주 오랜만이지? 명랑이를 위해서 화장실 하나를 침대방에 갖다 뒀다.

보일러실에서 보조 의자 세 개를 꺼냈다. 이 의자들도 오랜만이다. 캣타워 꼭대기에서 란아가 째려보고 있다. 느긋한 건 방바닥에 쭉 뻗어 누워 있는 보꼬뿐이다. 우리 집에 올 때마다 보이는 건 보꼬뿐이니 고양이 세 마리를 키운다는 걸 믿지 못하겠다고 농담을 한 고양이친구도 있었다. 제일 친화적인 듯하지만 사실 사람을 제일 덜 좋아하고 시답잖게 여기는 고양이는 보꼬다. 보꼬는 단지 사람을 무서워하지 않을 따름이다.

나름 만반의 준비(청소와 식탁 정리!)를 마쳤을 때, 전화가 왔다.

"선배, 굴 왔어요?"

"응? 아직 안 왔는데?"

"그래요? 아직 안 왔으면 오늘 안 온다는 거잖아?"

남해 생굴을 주문한 후배는 난감한 기색이다. 헐, 그렇네…….

"어떡하지? 굴이 지금 어디 가 있는지 알아볼 길이 없네. 그 친구는 '아무 걱정 마라' 그러고 지금 일본에 가 있는데……."

"할 수 없지. 미영이가 생선회 사온다고 했으니까 그거 먹으면 되지 뭐."

"아이, 참…….”

후배는 혀를 차며 전화를 끊었다. 싱싱한 남해 생굴이 날아갔으니 어떡한담. 늦게라도 배송되지 않을까? 얼른 쌀을 씻어 밥솥에 안치고 된장찌개를 끓이려는데 첫 손님이 왔다. 7시에 오라고 했는데 한 시간이나 빨리 도착한 것이다. 철제 계단을 올라오는 발소리에 명랑이가 쌩하니 달아난다. 란아가 그 뒤를 따라간다.

"너무 일찍 왔죠?"

그녀가 발랄하게 웃으며 쇼핑백을 내민다.

"모젤 두 병 사왔어요."

"어…… 근데 굴이 아직 안 왔어. 오늘 안 오려나 봐."

"어마! 생굴 파티 아니에요? 어떡해? 굴 없는 굴 파티네!"

까르르 웃는 그녀. 우리 보꼬를 보고 왜 이렇게 뚱뚱하냐며 또 웃는다.

"응, 뚱뚱해. 그래도 예쁘지?"

그 말에 아무 대꾸가 없다. 고양이 볼 줄 모르는군. 뭐 다른 반찬거리 없을까 열심히 머리를 굴리니 냉동실의 자반고등어가 떠오른다. 한 마리 꺼내 가스레인지 생선구이 칸에 넣는다. 찌개는 끓고 고등어는 익어갈 때 굴 담당 후배가 왔다. 마트에 들러 생굴을 자그마치 열 봉지나 사들고.

"얘, 더 뚱뚱해졌네!"

보꼬를 보자마자 기가 차다는 듯 한마디. 보꼬가 우리말을 알아들었다면 그 후배한테 "너는 더 빼빼해졌네!" 했을 터. 남해 직송은 아니지만 굴은 맛있고 푸짐했고, 내가 한 밥과 찌개와 자반고등어 구이도 일품이었다. 난 참 요리도 잘한단 말이야. 일곱 사람이나 있었지만, 술은 정종 1리터와 모젤 한 병으로 끝냈다. 술 못 마시는 사람이 둘이나 되긴 했지만 송년회, 신년회 뒤끝이라서 술을 사리는 모양들. 그래도 새벽 1시까지 자리가 이어졌다. 좋은 소리 한마디 못 들은 보꼬도 침대방으로 들어가고, 명랑이와 란아는 방구석 어딘가에 몸을 숨기고 '쟤들 언제 가려나' 눈 빠지게 기다렸을 터. 애들아, 오늘은 양호했지?

간식타임

"간식 좀 주시지? 주시지?"

아까부터 보꼬가 밥그릇에 박치기를 해댔지만 못 본 척하다가 명랑이가 징징거려서 간식장 문을 열었다. 웬일로 란아까지 쪼르르 따라온다. 뭘 줄까? 고양이 셋이 저마다 입맛이 다르다. 대개 고양이들이 환장한다는 차오 닭가슴살은 우리 란아만 잘 먹고 다른 두 애는 먹이 취급도 안 한다. 다행이다. 그게 얼마나 비싼데. 란아 때문에 간간 구입하던 차오 닭가슴살을 언제부턴가 란아도 한두 입 먹고 말아 요즘은 들여놓지 않는다. 보꼬만 잘 먹고 다른 두 녀석은 거들떠보지 않는 게 비타 캣스틱. 한때 품절이어서 무지 비싸게 사기도 했지만, 보꼬 녀석이 먹기만 하면 토하는 바람에 그것도 이젠 우리 집에서 사라진 품목. 닭가슴살만큼은 아니지만 역시 비싼 간식이니 다행. 효녀들이로다. 수제 고양이간식 사이트에서 만드는 반건조 연어 트릿은 명랑이 혼자 잘 먹었다. 몸에 좋을 것 같아 계속 구매하고 싶은데 사이트 주소를 모르겠다. 할인 이벤트 메일이 왔기에 쉽게 링크하도록 사이트 주소 좀 보내달라고 답장을 보냈는데 답이 없다.

저렴한 캔인데 셋 다 비교적 잘 먹는 해피타임 참치를 골랐다. 밥그릇의 사료 위에 한 숟가락 떨어뜨리니 제일 가까이 있는 보꼬를 제치고 명랑이가 머리를 들이민다. 트러블을 질색하는 보꼬건만 웬일로 자리를 사수. 할 수 없이 물러서는 명랑이 몫은 작은 접시에 담아줬다. 씻어놓은 작은 접시가 없어서 란아한테는 검정 턱시도 고양이를 그려 구운 커다란 접시에 참치를 담아줬다. 그 접시는 소설가 이혜경의 몇 해 전 선물이다. 야옹이들이, 특히 먹는 것에 초연한 란아가 고개를 푹 숙이고 참참참 먹는 모습을 보니 어찌나 흐뭇한지.

설거지를 하고 있는데 맨 먼저 간식을 먹어치운 보꼬가 아쉬운 듯 나를 올려다보다 자리를 뜬다. 잠시 후 란아가 반쯤 남긴 접시를 뒤로 하고 이동. 보꼬야, 좀 기다리지~! 하마터면 보꼬가 더 먹을 뻔했다. 지극 정성으로 접시를 핥던 명랑이가 보꼬가 먹던 밥그릇으로 가 사료에 묻은 간식을 또 지극 정성으로 핥아먹는다. 그리고 몸을 돌려 두 걸음 걷는 순간 란아 접시 발견. 앗! 이게 웬 횡재냐! 기뻐하는 명랑이.

아주 접시가 '반짝반짝'하구나. 명랑이는 간식캔을 너무 좋아해. 보꼬가 돌아와 명랑이가 훑고 간 접시를 뭐 먹을 거 있다고 또 핥는다. 보꼬와 명랑이가 비슷한 시간에 제 간식을 마치면 즉시 엇갈려 서로의 간식그릇에 코를 박곤 하는데 얼마나 웃기는지. 아무래도 먹는 행태가 다르니 간식을 남기게 되는 사각지대가 있나 보다. 그래도 보꼬야, 그 접시에는 아무것도 없어. 실실 웃으며 라디오를 켜러 가는데…… 으허헝! 보꼬! 어느 틈에 보꼬가 된통 토해났다. 그것도 내 수첩들에다가. 검정 커버 수첩과 '작가회의'에서 나온 문인주소록 수첩이 토사물로 범벅이다. 두루마리 휴지를 갖고 와서 토사물을 닦아낸다. 너, 토하고 밟아 뭉갰냐? 속지까지 끈적끈적하다. 이건 무슨 수첩일까? 웬만하면 그냥 버리려고 검정 커버를 들춰보니 2012년도 《시사IN》 다이어리 수첩. 이놈의 수첩은 그렇게 찾아도 안 보이더니 왜 여기 있었던 거야?

나도 모르게 속으로 "X놈의 새X!(친구 중 하나가 주로 공공의 파렴치한에 분개할 때면 입에 올리는 구절. 그녀의 새치름한 얼굴과 대비돼 들을 때마다 웃김)” 라고 보꼬한테 욕을 하다가 ‘제기랄, 상스럽긴……’ 낯 뜨거워하면서 토사물을 닦은 한 무더기 휴지를 변기에 던져 내리고, 으, 비린내! 탈취제를 뿌렸다. 수첩들을 토사물범벅으로 만든 건 명랑이리라. 명랑이가 방바닥을 긁거나 뭘 열심히 덮고 있을 때 가보면 영락없이 보꼬가 토한 뒤니까. 보꼬는 제가 무슨 로마 귀족인 줄 아는지 거침없이 먹고 거침없이 토한다. 어떤 때는 깡통에서 막 꺼낸 모양 그대로다.

“야, 이놈아! 네가 토한 것만으로도 열 고양이는 먹여 살리겠다!”

끌탕을 하게 만든다. 처음에는 어디 속이 안 좋은가 걱정했지만, 이젠 그러려니 한다. 그저 치우기 쉬운 데 토해놓길 바랄 뿐. 아무것도 없는 방바닥에서 토할 때는 등을 두드려주기도 하지만, 온통 곱슬곱슬한 모래 방지 매트 같은 데서 웩웩거리면 기겁을 해서 달려가 보꼬를 다른 데로 들어 옮긴다. 잘 먹는 건 좋은데 십 중 칠팔은 토하니 보꼬한테는 간식을 조금만 주게 된다. 그래 봤자 다른 야옹이가 남긴 걸 다 먹어치우지만. 달리 생각하면, 보꼬가 그렇게 많이 먹는데 토하기라도 해서 다행인가 싶기도 하다. 지금도 뚱뚱한데 그게 다 살로 갔으면 어쩔 뻔했나. 나도 보꼬처럼 토하면 좋으련만……

　보꼬가 또 밥그릇에 박치기를 한다. 안 돼! 또 토하려고? 잠시 기다리던 보꼬가 오도독오도독 사료를 씹어 먹는다. 그렇게 토하고 또 먹냐…….

내 아름다운 고양이들

방을 치우다가 지난해에 쓰던 탁상 달력을 발견했다. 고양이용품 몰에서 받은 달력이다. 버리기 전에 뒤적거려보니 버리기 아까울 정도로 예쁜 고양이 사진들이다. 내가 정신없이 살았나 보다. 날짜 칸칸이 스케줄을 적어 넣거나 했지 달력을 넘길 때도 그림을 들여다볼 여유가 없었다. 고양이 사진 귀퉁이에 고양이에 관한 글귀가 하나씩 적혀 있다.

고양이는 우리에게 세상의 모든 일에 목적이 있는 것은

아니라는 것을 가르쳐주고 싶어 한다. _ 게리슨 케일러

한 동물을 사랑하기 전까지 우리 영혼의 일부는 잠든 채로 있다.

_ 아나톨 프랑스

고양이는 섬세한 동물이고 병에도 잘 걸린다.

하지만 불면증에 걸렸다는 고양이는 한 번도 못 봤다. _죠셉 우드 크럿치

한 마리의 고양이는 또 하나를 데려오고 싶게 만든다. _어니스트 헤밍웨이

고양이가 있는 집에는 **특별한 장식물이 필요 없다**. _웨슬리 베이츠

비참한 삶에서 벗어날 수 있는 방법이 두 가지 있다. 음악과 고양이다.

_알버트 슈바이처

인생에 고양이를 더하면 그 합은 무한대가 된다. _라이너 마리아 릴케

등등 공감이 가는 글들이다.

'고양이가 있는 집에는 특별한 장식물이 필요 없다'를 펼쳐놓고 나는 마구 고개를 끄덕인다. 고양이는 세상에서 제일 아름다운 생명체다. 누구라도 고양이를 알게 되면 반하지 않을 도리가 없을 것이다.

우리 란아 어디 갔나? 5단 서랍장 위에 엎드려 햇볕을 쬐고 있다. 졸린 얼굴로 나를 바라본다. 우리 초미녀! 눈부시게 흰 몸에 검정 베일로 얼굴 반쪽을 가리고 등판에 흘러내리게 한 듯한 맵시. 어떤 각도로 보면 머루알처럼 검고 어떤 각도로 보면 에메랄드처럼 초록빛으로 빛나는 그 눈동자! 윤이 자르르 흐르는 털빛하며, 정말 초미녀다.

보꼬는 방바닥에 어질러진 노트들 위에서 뒹굴며 의자 다리 한 짝을 살짝살짝 공략하고 있다. 보꼬의 회록색 눈은 얼마나 고혹적인가? 작고 동그란 얼굴, 짧은 귀, 포동포동한 몸매. 한마디로 얘는 귀공녀 스타일이다. 애교라고는 약에 쓰려야 없는데도 그 부드러움, 나른함…… 사랑스럽기 그지없다.

명랑이는 어디 있나? 보자. 커튼을 들추니 5단 서랍장에 붙여놓은 정리함 위에서 자고 있다가 순정한 눈망울로 고개를 든다. 머리통을 쓰다듬으니 햇볕에 데워진 털이 따끈따끈하다. 얘는 천상 고양이! 어디 한 군데 빠지는 데 없이 두덕두덕 잘생기고 영리하고(에고, 요 예민해 보이고 호소력 짙은 마노 구슬 같은 눈!), '난 당신 거예요' 하는 스타일의 탐스런 수고양이다. 눈만 마주치면 자석에 끌린 듯 응석 섞인 소리를 내며 다가와 몸을 비벼대고, 그러면 끌어안고 뽀뽀를 해주지 않고는 못 배기지. 그럴 때면 어디선가 쏘아 보내는 '티꺼운' 눈빛. 바로 보꼬다.

"그래, 보꼬."

명랑이를 떼어내고 보꼬한테 가서 뽀뽀를 해주지만 "으릉!" 소리를 내며 몸을 뺀다. 어쩌라는 건지……. 우리 고양

이라서 그렇게 생각하는 게 아니라 객관적으로 평가해봐도 유난히 예쁜 고양이들이다만, 동네 길고양이들 중에서도 미모가 빼어난 애들이 많다. 누군가 집고양이로 들였으면 얼마나 예쁨 받으며 살까, 생각하면 가슴이 아리다.

우리 동네 비탈 꼭대기에 사는 소녀고양이가 눈에 어른거린다. 애는 전체적으로 하얀 고양이인데 엉덩이에 한 군데, 목덜미에 한 군데, 옆구리에 한 군데, 주황색과 갈색으로 슬쩍 붓을 댄 것 같은 얼룩이 있다. 눈매나 파스텔화같이 뽀얀 인상이 어딘지 일본의 화가 이와사키 치히로의 그림 속 어린 소녀를 연상시킨다. 애를 처음 봤을 때는 주먹만 했었다. 어미가 떨구고 갔는지 너무도 어려 보이는 작은 고양이는 내가 밥을 놓는 자동차 밑에 있다가 조르르 달아났다. 다른 고양이들이 먹는 소리를 들으며 설해 방지 모래함 뒤에서 가냘프게 엥엥 울어서 거기에 캔을 듬뿍 담아 한 그릇 갖다 줬더니 '니양니양니양냥냥' 너무 맛있어 죽겠다는 듯 간간 흐느끼기까지 하면서 다부지게 먹었다. 다행히 다른 고양이한테 밀리지 않고 잘 지내고 있는 듯하다. 겁 없이 밥그릇에 머리통을 들이밀다가 가끔 큰 고양이한테 따귀를 얻어맞기도 하지만. 이제 5개월령쯤 됐을 텐데 아직도 체구가 작고 어린 태를 못 벗었다. 건강은 해 보인다.

웨슬리 베이츠가 뭐하는 사람일까 궁금해서 네이버를 검색해봤다. '고양이가 있는 집에는 특별한 장식물이 필요 없다'는 구절을 소개한 글만 줄줄이 뜨고 당최 정보가 없다. 그래서 위키피디아에 들어가봤다. 베이츠는 철자를 짐작할 수 없어서 'Wesley'를 치고 검색했는데 베이츠 비슷한 성도 안 보였다. 실망스러웠는데 목록 밑에 '20/50/100/250/500'이란 숫자가 보였다. 흠, 내가 본 게 '20', 즉 스무 개 항목이란 뜻인가 보군. 쉰 개 항목에는 나오려나. '50'을 쳐봤다. 아니나 달라. 긴 목록이 나왔다. 여기도 없다. 그래서 '100'을 쳤다. 이번에도 없다. '500'을 칠까 망설이다 '250'을 쳤다. 역시 없다. 눈이 피곤하다. 그만둘까 하다가 여태 본 게 아까워서 '500'을 쳤다. 으으, 눈이 빠질 것 같다. 없다!

아아, 오백 개 항목에도 못 들면서 왜 그런 괜찮은 말을 남긴 것이야(헛고생이 약오르더라도 뭐 이런 야비한 생각을 머리에 담냐…… 부끄럽도다, 나여……)! 공연히 웨슬리 베이츠를 원망했다. 위키피디아, 뭐 이리 부실하냐?

캔귀신, 삐용이

바깥고양이들과는 되도록 친해지지 않으려 노력한다. 길에 사는 고양이가 사람을 경계하지 않는 버릇이 붙으면 해코지를 당하기 쉽다는 게 가장 큰 이유지만, 언제라도 다시는 볼 수 없게 되는 게 현실, 내 마음을 다치지 않으려는 이기심에서 그런다. 그저 밥이나 열심히 주고 있다. 어쩌다 안면이 익은 고양이들에게 전에는 자연스럽게 이름을 붙이곤 했는데, 이제는 이름 짓지 않으려 애쓴다. 내가 이름을 붙이면 오래지 않아 참상을 겪기 때문이다. 이상한 일이 아닌 게, 시력도 좋지 않고 머리도 좋지 않은 내가 각별히 인식할 정도라면 자주, 아주 가까이 다가오는 고양이일 테니까, 애초에 사람에 대한 경계심이 엷은 성격이었을 터이다. 이성적으로는 그렇게 판단되지만, 내가 이름을 지어 부르는 길고양이는 불행해진다는 미신이 생기고 말았다. 그렇게 겁내고 있건만 요새 한 녀석을 '뻬용이'라고 부르게 됐다.

뻬용이는 고양이나라 사람들 사이에서 '고등어'라 불리는 회색 줄무늬 고양이다. 이제 한 살 반쯤 됐으려나. 고양이로서는 어른인 셈인데 모습은 소년이다. 다른 암고양이한테 통 관심이 없는 듯한 걸 보면 소년 중에서도 해맑은 소년이다. 애는 3개월령쯤 됐을 때 처음 봤다. 그때는 정상적으로 경계심이 있었다. 그런데 두어 달 뒤부터 언제 친했다고 길에서 만나기만 하면 내 뒤를 졸졸 따라다니면서 "뻬용, 뻬용" 울었다. 알고 보니 캔을 달라는 것이었다. 한번은 가진 캔이 하나도 없이 사료뿐이었는데 그건 거들떠보지 않고 계속 내 뒤를 쫓아다니며 울어대서, 그 뒤론 캔 하나를 꼭 상비해 다니고 있다. 그때는 애를 뻬용이라고 부르지 않았다. 그러던 애가 언젠가부터 눈에 띄지 않았다. 간혹 안부가 걱정되기도 하고 궁금해하며 잊고 있었는데 세 달인가 뒤에, 어디서 어떻게 지내다 온 것일까, 아주 빼짝 마른 모습으로 나타났다. 예의 뻬용뻬용, 울음소리를 내면서.

다시 나타난 뻬용이를 낮에도 보고, 밤에도 본다. 나를 기

다리고 있다가 졸졸 따라다니면서 내 다리에 몸통을 살짝살짝 비비고 사료 가방에 머리통을 문지르기도 한다. 한 머리 좋은 고양이 녀석이 내가 삐용이한테 특별히 맛있는 걸 준다는 걸 깨닫고 삐용이 옆에 자꾸 붙는데, 그러면 삐용이는 성가시다는 듯 투덜거리며 피한다. 나는 킬킬 웃으면서 그 영리한 녀석에게도 캔을 준다. 삐용이는 입이 짧은지 자기 캔을 먹다 말고 또 내 뒤를 쫓아오고, 그 녀석은 신 나라 삐용이가 남긴 것을 마저 먹는다. 삐용아, 너, 캔도 캔이지만 나를 좋아하는구나. 그러면 안 돼. 어째 삐용이는 다른 고양이들을 그리 좋아하지 않는 것 같다. 삐용아, 다른 고양이들이랑 친하게 지내렴. 이제 삐용이는 제법 살이 올랐다. 그래도 날씬하지만.

특유의 '삐용삐용' 소리를 늘 듣다 보니 나도 모르게 "이 삐용이 녀석!", "삐용아, 그만 쫓아와" 한다. 이러다가 가슴 철렁해진다. 아니야, 삐용이는 이름이 아니라 별명이야!

고양이의 향정신성
그 무엇

고양이는 육식동물이지만 즐겨 먹는 식물이 있다. 캣그라스와 캣닢^{개박하}, 그리고 마따다비^{개다래나무다}. 처음 고양이를 키우기 시작했을 때 캣닢과 캣그라스를 구하려고 여러 꽃집을 다닌 생각이 난다. 어느 꽃집에서도 그런 이름을 아는 사람이 없었다. 그럴 수밖에 없는 게 캣닢이란 건 고양이 키우는 사람이나 관심 있어 하는 허브식물이고, 캣그라스라는 것도 고유명사가 아니라 보리나 호밀이나 귀리의 어린잎을 지칭하는 거니까. 그런 곡물 낟알 위에 부엽토를 살짝 덮고 물을 흠뻑 적신 뒤 어두운 곳에 사흘쯤 두면 뾰족뾰족 싹이 올라온다. 그걸 햇볕 좋고 바람 잘 통하는 데 두면 하루가 다르게 쑥쑥 크는데 홀릴 만큼 보기 좋다. 마치 걸리버가 되어 소인국의 봄날 보리밭을 보는 듯하달까. 볕에 사나흘 더 두어 길이가 10센티미터쯤 자라면 먹이라고 하는데 캣그라스를 좋아하는 고양이는 그새를 참지 못하기 때문에 잘 간수(감시?)해야 한다. 그런데 우리 보꼬랑 명랑이는 캣그라스에 통 관심이 없다. 란아만 환장을 한다. 애교라고는 약에 쓰려도 없는 란아가 콧소리로 캣그라스를 조르다가 내가 한 줌 뽑아 내밀면 어찌나 맛있게 먹는지 이만저만 흐뭇한 게 아니다. 인석이 내 손에서 직접 받아먹는 건 캣그라스뿐이다. 식탐이 없는 란아이기에 더 흐뭇하다. 식물을 잘 키우지 못하는 나도 쉽사리 작물을 볼 수 있는 캣그라스. 그런데 되도록 자주 먹이고 싶은 마음 호수만 하나 내 못 말릴 게으름이 두 눈을 감아 씨앗을 서랍 속에 묵히고 있는 실정이다. 된장국이나 비빔밥의 식재료로 파는 보리싹이 있다기에 그걸 사주려고 열심히 찾아봤는데, 그 농장이 적자로 문을 닫았다는 것 같다. 그 사업주가 고양이 먹을거리 시장 쪽으로도 눈을 돌렸으면 서로 좋았으련만.

대개 고양이를 키우는 사람들은 제 고양이가 좋아하는 걸 구하는 데 돈을 아끼지 않는다. 생활비에서 '냐옹겔' 지수가 가장 높으니 제 생활 수준은 바닥을 긴다(자신을 위해서는 책도 안 사 본다. 고양이카페 회원이 20만이 넘건만, 고양이 관련 책은 초판이 팔리지 않는다. 고양이도 책을 좋아한다니깐! 장난감으로라도 사주지~). 고양이카페 한 회원이 자기 고양이한테 캣그라스를 먹이려 이렇게 시도했다는 일화가 떠오른다. 고양이가 뭐 이런 걸 잘 먹을까 고개를 갸웃거리며 방바닥에 휘리릭 낟알을 뿌려줬다나. 생각할수록 우습다. 비둘기냥? 그 집 야옹이도 어리둥절했을 것이다.

캣닢은 스프레이, 농축액, 말린 잎을 써봤는데 우리 야옹이들은 별로 반응이 없다. 말린 잎만 명랑이가 가끔 거들떠보는 정도였다. 아, 말린 캣닢을 넣었다는 쿠션은 그럭저럭 잘 끌어안고 논다. 그걸 제일 좋아하는 야옹이도 역시 명랑이다. 수고양이가 캣닢을 좋아한다는 말이 있는데 사실인 것 같다. 캣닢은 기르기 아주 힘들다. 재작년에 인터넷 몰에서 캣닢 화분 두 개를 주문했는데, 새끼손가락만 한 작대기가 꽂힌 화분이 왔다. 꽃과 나무를 좋아하는 란아가 애완하도록 잘 키우려는 꿈이 있었는데 한 달을 못 살렸다. 식물에 대해 아무 상식도 없는 내가 섣불리 맡았으니 참……. 그 캣닢들한테 못할 짓을 했다.

고양이들의 향정신성 식품으로 대표적인 것이 캣닢과 마따다비다. 캣닢과 마따다비에 고양이의 기분을 고양시키는 성분, 네페탈락톤이 들어 있기 때문이란다. 그래서 발정기 등의 이유로 스트레스를 받고 있거나, 우울하거나 식욕이 저하된 고양이한테 아주 좋다고 한다. 마따다비는 고양이 음료, 나뭇가지를 자른 것, 통 열매, 가루 등이 시판되고 있는데 비싼 돈 들여 일본제 음료를 몇 병 구해줬건만 글쎄, 사막에서나 그것도 열흘 목마르다 마실까 싶게 아예 피한다(돈 아까워~!). 나뭇가지랑 통 열매는 잘 갖고 노는 편이고, 열매를 빻아 만든 가루는 최고다! 특히 드림펫에서 나온 마따다비 가루는 향정신성 고양이 식품의 지존이라 할 수 있다. 드림펫이 그중 저렴하니 이 어찌 착한 녀석들이 아닐쏜가.

란아는 조금 점잖은 편, 보꼬랑 명랑이는 딴 방에 있다가도 둘 중 한 녀석에게 내가 마따다비를 줄라치면 접시에 마따다비 통 주둥이를 톡톡 터는 소리를 귀신같이 듣고 달려온다. 그리고 코카인을 흡입하기라도 하는 듯 흡흡 빨아 마시고는 몇 초 후 접시를 머리통으로 밀고 비비고, 온몸을 배배 꼬며 떼굴랑떼굴랑 무아지경. 세 놈이 한 자리에서 그러고 있는 꼴을 내려다보면 좀 착잡하기도 하다.

그나저나 개박하니 개다래나무니, 고양이가 좋아하는데 왜 '개'가 붙어 있는지 모르겠다. 혹시 개도 좋아하나?

약 오르는
약 먹이기

내 고양이친구 모눈종이 님 블로그 게시물에서 그 집 맏 고양이 은비한테 약 먹이는 동영상을 봤다. 가히 신기하다 할 만한 광경이다! 하얀색 페르시안 고양이인 '은비'가 모눈종이 님 손바닥에 얹힌 알약을 내키지 않는 기색 역력한 얼굴로 잠깐 망설이다가 제 스스로 입에 물고 씹어 삼키는 것이다. 세상에! 해외토픽감이다. 고양이는 제가 원치 않는 건 절대로 하게 만들 수 없는 동물이다. 특히 뭘 먹게 하는 일은, 특히 그것이 약이라면. 그래서 고양이가 아파서 약을 먹여야 하게 되면 그것만으로도 신경이 곤두선다. 그런데 은비는 모눈종이 님이 꼭 약을 먹어야 한다고 잘 타이르면 그렇게 순순히 약을 받아먹는단다. 헐…… 모눈종이 님은 좋으시겠다.

말씨나 거동이나 상냥함 그 자체인 모눈종이 님은 캣닢 인간이라 불린다. 그녀가 밥을 먹이는 그 동네고양이들 모두 모눈종이 님을 하멜룬의 서생원들처럼 졸졸 따르는 건 물론이고, 어떤 사나운 고양이도 버릇없는 고양이도 겁쟁이고양이도 모눈종이 님 손에 며칠 맡기면 '우리 고양이가 이렇게 변했어요!'가 된다. 그런 모눈종이 님이라도 제 스스로 약을 먹게 할 수 있는 고양이는 은비밖에 없다. 은비도 참 특별한 고양이인 것이다. '그렇게 전적인 신뢰를 보이는 은비도 있는데 네놈들은!' 하고 우리 야옹이들한테 눈을 흘길 일은 아니다. 그렇다만 좀 섭섭하기는 하다.

우리 애들 중에 약 먹이기 가장 쉬운 야옹이는 뜻밖에도 란아다. 란아가 나를 별로 좋아하지 않아서 그렇지 성정이 원체 온순한 것이다. 방바닥에 털푸덕 앉아서 내 두 다리로 란아를 꼼짝 못하게 한 다음, 플라스틱 숟가락에 가루약과 꿀과 물을 섞어 묽게 갠다. 그다음 란아 고개를 치켜 올리고 입을 벌려 한쪽 귀퉁이로 약을 흘려 넣는다. 다 삼키면 놓아준다. 끝~! 비결은 내가 란아 기에 눌리지 않는다는 것이다. 절대로 나를 물거나 대들지 않는다는 확신이 란아한테는 생긴다. 그

런데 보꼬나 명랑이는 힘도 센 데다 고집도 세다. 실수로 내 손을 깨물 수 있어서 지레 겁이 난다. 그래도 보꼬는 목구멍 너머로 약을 흘려 넣기만 하면 되는데, 이 미친 명랑이 녀석은 천신만고 끝에 삼키게 한 약도 거품을 부글부글 물면서 기어이 도로 토해놓는다. 약 좀 먹이려다가 어찌나 약이 오르는지! 보꼬랑 명랑이가 아프면 다 나을 때까지 무겁기도 더럽게 무거운 놈들을 매일 병원에 데리고 다니며 주사를 맞혀야 한다. 복용 약값보다 주사 값이 당연히 몇 배 더 비싸고 택시비도 들고 시간도 들고 힘들고…… 에잉…….

앗, 란아가 서랍장 위에서 웩웩거리네! 휴지를 들고 달려가 보니 다행히 토하지는 않았다. 토해버리는 게 더 좋을지……. 란아야, 그리고 보꼬야, 명랑아, 아프지 말렴. 우리 다 오래오래 건강하자!

고양이는
책을 좋아해

인간만이 향유할 수 있는 것의 대표적인 게 책이라지만, 고양이들도 책을 좋아한다. 쌓아올린 책, 흩트려 놓은 책, 펼친 책, 눕힌 책, 다 좋아한다. 깔고, 베고, 킁킁거리고, 머리통을 비비고. 냄새와 모양과 감촉, 뭐 하나 마음에 들지 않는 구석이 없나 보다. 신문지고 벽지고 종이란 종이는 죄 찢어발기는 습벽으로 책 테러를 하는 고양이도 있다는데, 우리 애들은 한 번도 그런 적이 없다. 내 것이라는 걸 인식하고 소중히, 부드럽게 다룬다. 우리 집 사전 중에 성한 게 하나 없는 건 다 나 때문이다. 내가 잠결에 깔아뭉개는 바람에 야들야들한 사전 낱장이 구겨지거나 찢겨나가 버린 것이다. 질깃질깃한 겉장이 떨어져 나가 홀러덩 벗겨져 있거나.

보꼬가 제일 좋아하는 건 절반쯤 보다가 엎어놓은 책이

다. 불룩한 책등에 목울대와 가슴을 대고 책 양쪽에 앞다리 하나씩을 얹은 채 엎드려 있으면 그렇게 기분이 좋은가 보다.

보꼬가 책보다 더 좋아하는 건 신문이다. 내가 방바닥에 퍼질러 앉아 우적우적 뭔가를 씹어 먹으며 신문을 볼작시면 어느샌가 방바닥과 신문지 사이에 보꼬가 들어와 있다. 신문지 두어 장을 겹쳐서 보꼬를 덮어주면 숨죽이고 가만히 엎드려 있는다. 그 위 한 귀퉁이를 바스락 누르면 좋아서 어쩔 줄 모르며 '바스락'을 향해 솜방망이 같은 앞발을 휙 뻗는다. 바스락, 휙! 바스락, 휙! 평생이라도 그럴 보꼬지만 나는 이내 지루해진다. 란아가 다가와 보꼬가 들어 있는 신문지를 물끄러미 내려다볼 때가 있다. 란아는 '별놈 다 있어' 하는 표정으로 보다가 신문지 귀퉁이를 툭 친다. 보꼬는 또 휙! 란아한테 내 역할을 물려주지만 길어야 세 번. 이내 시들쩍해하며 란아는 자리를 뜬다. 기다리고 기다리다 보꼬는 신문지 밑에서 잠이 든다. 우리 집에 오시면 신문지 밟지 마세요. 그 아래 보꼬가 있을지도 몰라요.

안녕하세요?

우리 집 노랑 고양이

어이쿠 무거워, 뚱뚱이 보꼬

나랑 산책 다녀와요

동네 구경도 하고 바람도 쐬라고 데려 나왔는데

가방 속에 머리 틀어박고

흐엥흐엥 무섭다 울기만 했네요

집 가까이 골목에 들어서서야

울음 뚝 그치고

고개 내밀고 두리번두리번

보꼬야, 좋지?

헤헤 웃는 얼굴로 두리번두리번

그런데 저 앞에

무서운 얼굴 할아버지 한 분이
골목쟁이를 막고 서 계시네요
지팡이 짚고 서 계시네요
저 지팡이로 우리 보꼬를 때리면 어떡하지?
겁이 더럭 났어요
돌아갈까 하다가 용기를 냈어요
간신히 뚜벅뚜벅
무사히 지나쳐야 할 텐데
나도 모르게 할아버지 앞에서
걸음을 멈췄어요
할아버지한테 잘 보여야지
"보꼬야, '안녕하세요' 인사드려"
앗, 그런데 우리 보꼬가
획 외면을 하네요!
가슴이 철렁해서 손으로 보꼬 머리통을 눌러
꾸벅 숙이게 했어요
나는 보꼬를 짐짓 나무랐어요
"보꼬야! '안녕하세요' 인사드려야지!"

또 외면하는 보꼬
쩔쩔매는 나를 보고 무서운 얼굴 할아버지
아주 딱해하는 눈빛이 되시네요
"허허, 고양이가 무슨, 말을 할 줄 아나?"

넌 참 취향도 이상하다!

우리 야옹이들한테는 캣타워가 자그마치 네 개나 있다. 대형 캣타워 세 개, 중형 캣타워 한 개. 새 대형 캣타워는 20 만 원이 넘기 때문에 모두 벼룩시장을 통해 9만 원쯤 주고 중고로 구했다. 중고라지만, 구매한 지 몇 달 안 됐는데 그 집 야옹이가 잘 사용하지 않아서 벼룩시장에 내놓은 것으로 새 것이나 거의 다름없었다. 제일 뒤에 들여놓은 캣타워는 그 전에 한 3년 쓴 캣타워가 너무 낡아서 버릴 참으로 구한 것인데, 애들이 옛 캣타워를 너무 좋아해서 그 너절한 걸 그대로 둔 채 나란히 세워놓았다. 특히 보꼬 녀석은 새것을 한 번도 쓰지 않고 있다. 구멍도 많고 구조가 재밌는데 좀 가파르다. 무지 뚱뚱한 보꼬로서는 더 정이 안 갈 것이다. 그나저나 이 보꼬 녀석, 옛 캣타워도 이제 간신히 올라간다. 올라가다 떨어진 적도 있는데 참, 웃을 수도 없고…….

새 캣타워를 백분 활용하는 건 란아다. 지금도 맨 꼭대기 네모난 콘도에 들어가 한쪽 구멍으로 뒷다리를 내놓은 채 자고 있다. 각 층 판자마다 뚫린 구멍으로 잽싸게 빠져 다니며 오르락내리락하는 것도 란아뿐. 셋 중에서 란아가 제일 고양이답다.

기둥마다 삼줄이 감겨 발톱 긁개로 쓰고 층층이 오르내리며 운동과 놀이도 하고, 그 위에서 자거나 쉬기도 하는 용도로 만들어진 캣타워는 집에서 고양이를 기르는 사람들의 잇아이템 it item이다.

한 젊은 여성이 고양이카페에 올린 글이 생각난다. 고양이를 싫어하는 어머니를 둔 그 아가씨는 집에서 독립해 혼자 오피스텔에 살면서 가족 모르게 고양이를 길렀다. 참 희한한 일이다. 독립해 사는 딸이 고양이 기르는 문제를 왜 어머니가 통제하는지……. 어쨌거나 어머니가 갑자기 오피스텔을 방문하겠다고 연락이 왔단다. 고양이는 급히 다른 집에 맡겼지만, 덩치 큰 캣타워는 그대로 둘 수밖에 없었을 것이다. 그 어머니가 캣타워를 보고 뭐냐고 물어서 아가씨는 장식장이라고 대답했단다. 그러자 어머니 왈, "넌 참 취향도 이상하다!" 캣타워라는 물건 꼴을 보면서 그 말씀을 떠올리면 웃음을 참을 수 없다.

란아랑 보꼬가 한 가족이 된 얼마 뒤 처음으로 생긴 건 스크래처 포스트였다.《캣진》이라고, 지금은 폐간됐지만 꽤 볼 만한 고양이 전문 월간지가 있었는데 그 잡지를 2년 정기구독 신청해서 받은 사은품이었다. 두 장의 두툼한 판대기 사이에 스크래처고양이들이 발톱을 가는 용품 기둥을 세운 제품이었는데, 위에는 야옹이가 올라앉기도 하고, 꽤 쓸 만했다. 그 몇 달 뒤 이사를 하고, 인터넷을 개설하고 고양이카페에 가입하면서 캣타워라는 게 있다는 걸 알게 됐다. 탐났지만 언감생심이던 차에 인터넷 몰에서 눈이 번쩍 뜨이는 물건을 봤다. 참괜찮은(듯 보이는) 캣타워가 할인가격으로 5만 원이 채 안 되는 것 아닌가! 5만 원이라고 내게 적은 돈은 아니었지만, 절호의 기회라 여겨져 주문했다. 고양이세계 초짜인 나의 일대실수였다. 배송된 캣타워는 너무나 좁고 작았다. 새끼고양이들용이었던 것이다. 그걸 어떻게 처치했는지는 기억이 안 난다. 그다음 달이었나, 고양이카페 벼룩시장을 통해서 구한 2

단 캣타워가 내 고양이들이 제대로 사용한 최초의 캣타워다. '파이오니아'라는 상표의 그 자줏빛 캣타워는 야옹이들도 좋아하고 나도 퍽 뿌듯해했는데, 나중에 '열무'라는 고양이한테 물려줬다.

파이오니아를 들여놓고 너덧 달 뒤 처음으로 우리 야옹이들이 대형 캣타워를 갖게 됐다. 차 있는 친구를 수배해서 불광동에 가 실어왔다. 그 집에는 '삼키'라는 이름의 샴고양이 한 마리가 있었다. 삼키와 단둘이 사는 청년이 골목으로 우리를 마중 나와 자기 집으로 안내했다. 세 동쯤 되는 연립주택의 1층에 사는 청년이었는데 연립주택 마당에서부터 "저기 좀 보세요. 우리 삼키예요" 하며 한 창을 가리켰다. 캣타워에만 정신이 팔린 데다 시력이 시원찮은 나는 잘 보이지 않았지만 "아, 예" 하며 고개를 끄덕였다. 창턱이나 냉장고 위는 잘 올라가 있으면서 캣타워는 소 닭 보듯 하기에 벼룩시장에 내놨다지만, 부품을 해체해 묶어놓은 캣타워를 그 집에서 갖고 나오려니 삼키에게 좀 미안했다. 허전하겠다, 삼키. 그러게 누가 너더러 냉장고 위에만 올라가 놀래?

내 친구는 차량을 제공했을 뿐 아니라 캣타워 부품의 9할

을 나르고 조립까지 마쳐줬다. 그런데 내 방 천장이 이렇게 낮았나, 놀랄 일이 생겼다. 제일 위 칸 뚝배기를 달 공간이 안 남는 것이다. 삼키가 그 꼭대기 뚝배기만 사용했다고 했는데, 이럴 줄 알았으면 뚝배기는 떼 주고 올 걸 싶었다. 우리 야옹이들은 캣타워를 샅샅이 고루고루 애용했다. 보꼬는 특히 텐트처럼 생긴 3층 하우스를 몹시 마음에 들어 했다. 정말 흐뭇했다. 캣타워의 골격을 이루고 있는, 열 하고도 세 개의 당당한 스크래처 기둥! 보기만 해도 관절이 시원하고 손톱 밑이 개운했다. 우리 야옹이들이 워낙 스크래치를 좋아해서 스크래처라면 별의 별 걸 다 대주며 키웠다고 자부했던 바이지만, 그때야말로 스크래처 잭팟을 터뜨린 기분이었다.

덕분에 나는 수월히 캣타워 건을 처리했지만, 친구는 캣타워를 조립하느라 진땀을 뺐다. 연신 설명서를 들여다보며 고개를 갸웃거리고 뗐다 붙였다 하는데, 남자라면 그쯤 의당히 설렁설렁 해치우리라 기대했던 차여서 슬슬 걱정이 될 정도였다. 그러던 친구가 지금은 가구 공예의 세계에 한 발 들여놓고, 설계도 하고 디자인도 하고 만들기도 하니 신기할 따름이다. 나 또한 그때는 지레 엄두도 못 냈는데, 지금은 어

떤 캣타워라도 설명서와 부품만 있으면 조립할 자신이 있으
니, 이 또한 신비한 일이다.

열무 이야기

열무라는 이름의 고양이가 있다. 우리 애들보다 한 살쯤 어리니 이제 다섯 살이 됐겠다.

12월 말이었던가, 한겨울이었다. 우리 집 옆으로 나 있는 이면도로 비탈을 올라가다가 길 건너 건물 사이의 좁은 틈에서 울고 있는 새끼고양이를 봤다. 개한테 이틀 동안 밥을 줬는데 사흘째부터 보이지 않았다. 제 어미가 데려갔나, 어디 다른 데로 갔나, 마음에 걸려서 하루 이틀 더 그 근처를 기웃거리다 잊어버렸다. 그리고 또 이틀인가 뒤 집에 들어가는 길에 괜히 한번 개를 만났던 자리에 가보았다. 바람 스산한 저녁이었는데, 거기 후미진 시멘트 바닥에 자그마한 스티로폼 상자가 버려져 있었다. 뚜껑에는 돌덩이 하나가 얹혀 있었다. 나는 정말 그냥, 괜히 뚜껑을 열어봤다. 그런데 놀랍게도 그 안에 시커먼 얼룩으로 뒤덮인 새끼고양이 한 마리가 납작 엎드려 있다가 고개를 치켜들고 야옹 울면서 똘망한 눈으로 나를 올려다봤다. 누가 이런 짓을! 기가 딱 막혔다. 먼저 본 애 같지는 않고, 그 애의 형제인 듯했다.

그 길로 당장 집에 데려가야 마땅했지만, 나는 그러지 못했다. 우리 집 야옹이들에게 예방주사를 맞히지 않고 있었기 때문이었다. 정기적으로 예방주사를 맞히지 않는 고양이가 있는 집에는 길에 사는 애들을 들이기 전에 병원에 데려가 전염병 같은 게 없나 검진을 마쳐야 한다. 그렇잖아도 마감이 훌쩍 지나 간신히 일주일 말미를 얻은 원고 때문에 뒤엉킨 머릿속이 잘 돌아가지가 않았다. 고양이를 부탁할 만한 사람이 아무도 생각나지 않았다. 그럴 만한 데는 이미 다 고양이를 보내놨기도 했고.

나는 새끼고양이가 들어 있는 스티로폼 상자를 한 손으로 번쩍 든 채 집에 들어가 털 스웨터와 큼직한 골판지 상자와 먹을거리를 챙겨 이내 나왔다. 그리고 이웃에 있는 교회로 그 애를 데려갔다. 왠지 교회 사람이라면 새끼고양이를 며칠은 맡아 주리라는 믿음과 그보다 더 큰 소망으로. 그런데 교회 관리실에 있는 사람은 일언지하에 거절했다. 그래서 할 수 없이, 그럼 며칠만 애를 교회 마당 후미진 곳에 두겠다고 했더니 그것도 절대 안 된다고 했다. 궁지에 몰린 나는 거짓말을 했다.

"애를 발견한 게 이 교회 마당이에요! 눈에 안 보이는 데에 며칠도 못 둔단 말이에요? 제가 꼭 도로 데려갈 거예요!"

여차하면 발견한 이 교회에 고양이를 그냥 내버려두겠다는 기색을 은근히 풍기며, 뭘 잘한 척 내가 목소리를 높여서 당당히 주장하니까 그 아저씨는 근심 반 의심 반 표정으로 입을 다물고 외면했다. 그의 불편한 기색을 모르는 척하고 나는 관리실을 나와 교회 뒤편으로 걸어갔다. 교회 건물과 담벼락 사이에 좁다란 시멘트 마당이 있었다. 나는 한구석에 골판지 상자를 내려놓고 그 안에 스티로폼 상자를 넣었다. 그리고 새끼고양이한테 닭가슴살과 참치캔을 듬뿍 얹은 사료를 줬다. 새끼고양이는 야무지게 밥을 많이 먹었다. 밥을 다 먹은 새끼고양이를 스웨터로 싸서 꼭꼭 여며주고 스티로폼 상자 안에 넣었다.

"내가 또 올게. 어디 가지 말고 여기 있어."

당부하고 집으로 왔다. 그리고 아침저녁으로 들러 밥을 줬는데, 그 고양이는 진짜 어디 가지 않고 나를 기다렸다. 조막만한 게 얼마나 똘똘한지. 그나저나 날은 점점 추워지는데 그 어린고양이를 바깥에 두고…… 사람이 할 짓이 아니었다. 사흘째 되는 날 도저히 못 견디겠어서 이판사판이다, 하고 한 친구에게 전화를 걸었다. 거절당하면 어쨌든 일단 걔를 집에 들여놓는 수밖에 없다 각오하고 비장하게 전화했는데, 내가 워낙 비장했는지 그 친구가 흔쾌히 응낙했다. 할렐루야

~! 그 친구가 당장 찾아오기로 약속한 뒤 환희의 찬가를 부르며 세면실에 수건을 몇 장 준비한다, 뜨거운 물을 받아놓는다, 드라이기를 콘센트에 꽂아놓는다, 새끼고양이를 씻길 만반의 준비를 한 뒤 교회로 날아갔다. 교회 관리자가 교회 현관 안에서 내가 오기만 기다리고 있었던 듯 문을 열며 소리를 질렀다.

"거, 고양이 당장 치워줘요! 예배 시간에도 시끄럽게 자꾸 울어서 목사님도 뭐라 하시고!"

헉! 당장? 하마터면 큰일 날 뻔했다. 나는 의기양양 외쳤다.

"지금 데려갈 거예요! 고맙습니다!"

그 녀석이 혼자 있을 때 많이 울었구나. 가엾게도! 쪼르르 달려갔는데 상자 안에 고양이가 안 보였다. 가슴이 철렁한 차에 고양이가 지하실 계단 쪽에서 뛰어나왔다. 고 똘똘한 놈이 거기 숨어 있다가 내 발소리를 듣고 나온 것이다. 난 짝 안아들고 집으로 뛰어갔다. 아니나 달라, 보꼬 놈은 새끼고양이를 보자마자 불쾌한 기색이 완연해져서 "우웅~" 신음소리를 내며 침대방으로 들어가버렸다. 란아랑 명랑이는 궁금한 얼굴로 우리 뒤를 졸졸 쫓아다니고.

아고, 기특해라! 똘똘한데다가 유순하기까지 했다! 뜨거운 물에 푹 담가 목욕시키고 말리고 빗질하고 발톱을 다 깎도록 발톱 한 번 안 세우고 울지도 않았다. 온몸에 들러붙은 껌정 얼룩은 무슨 콜타르 같은 것인지 떨어지지 않았지만, 말끔히 단장을 마쳤을 때 친구가 철제계단을 밟고 올라오는 소리가 들렸다. 새끼고양이를 구경하던 란아와 명랑이는 철제계단 쪽을 노려보다가 허둥지둥 보꼬가 있는 방으로 가버렸다.

"얘예요?"

"예쁘지?"

친구는 줄무늬나 얼룩무늬 없이 전체가 한 가지로 다갈색인 새끼고양이를 내려다보며 미소했다. 어린 녀석인데 눈망울이나 입매가 수줍은 듯 사려 깊고 침착해 보였다. 친구가 어설프게 무릎에 앉히고 목덜미를 쓰다듬어주자 새끼고양이는 골골골 소리를 냈다.

"애 털에 묻은 건 뭐예요? 껌 같은데?"

"껌인가? 안 떨어지네. 껌치고는 많은데. 페인트가 묻었나……."

어떤 천벌 받을 인간이 쥐 끈끈이에 돌돌 말아 버린 간난고양이 다섯 마리 사진을 인터넷 게시물에서 본 기억이 나서 혹시 쥐 끈끈이가 아닐까 눈살이 찌푸려졌지만, 그건 아닐 것이었다. 쥐 끈끈이라는 걸 본 적이 있는데 그건 껌 자국 같은 것만 남기고 호락호락 떼어질 물건이 아니었다.

어느 날 우리 동네 한 공용주택 앞을 지나가는데 한 남자가 나를 불러 세웠다. 자기가 거기 주민인데 그 주차장에 고양이가 배설을 한다며 나한테 치우라는 것이었다. 그래서 일주일에 두어 번씩 분변 수거를 하러 들렀다가 시커먼 종잇장이 여기저기 놓인 걸 봤다. 휴지가 날린 건가 싶어 치워주려고 쪼그려 앉았는데 시커먼 고약 같은 게 똑똑 찍혀 있는 게 뭔가 좀 이상했다. 그래서 발끝으로 살짝 밟아봤는데 쩍 달라붙어 떨어지지 않았다. 간신히 떼어낸 뒤 전부 걷어서 돌돌 말아 쓰레기통에 처넣었다. 고양이가 걸려들면 살점이 떨어지기 전에는 뗄 수 없을 만치 강력한 끈끈이였다. 그 주차장에 놓인 차 주인들도 내게 고마워해야 할 것이다. 자동차 사이에도 그걸 놨는데, 그 위를 지나가면 자동차 바퀴고 구두 바닥이고 악착같이 들러붙을 터였다.

친구는 그 자리에서 새끼고양이 이름을 열무라고 지었다.

"열무? 고양이 이름으로 좀 이상하지 않나?"

"내가 열무를 좋아하니까 열무라고 지을랍니더. 열무~ 좋잖아요."

처음에는 영 이상했는데 자꾸 들으니까 어느덧 괜찮아졌다. 친구와 내가 열무를 사이에 두고 노닥거리는데 사람 반기는 보꼬가 침대방을 나와 멀찍이 서 못마땅한 얼굴로 지켜봤다. 란아는 새끼고양이를 궁금해하고 있었을 것이고, 나 외 모든 사람을 경기 일으킬 정도로 무서워하는 명랑이는 옷장 위에 올라가 웅크린 채 양쪽 귀를 마징가처럼 붙이고 덜덜 떨면서, '저거(내 친구) 언제 가나? 빨리 가라, 빨리 가! 가라! 가라! 가라!' 그 생각만 하고 있었을 것이다.

묘연한 묘연

열무의 보호자가 된 내 친구는 우리 집 첫 대형 캣타워를 날라주고 조립해준 바로 그 사람이다. 그는 고양이를 기르는 게 처음이었다. 우리 집 고양이들이 그가 가까이 만난 첫 고양이일 것이다. 장기 탁묘 보냈던 명랑이를 데려올 때도 그 친구의 도움을 받았는데, 그날 이후로 명랑이는 제대로 본 적 없지만, 달콤한 보꼬랑 새콤한 란아를 보면서 고양이라는 게 제법 매력적이라 깨달았을 것이다. 하지만 고양이의 매력에 끌려서라기보다 나를 곤경에서 구해주고 싶어서, 세 마리나 키우는 사람도 있는데 한 마리쯤 어찌 못 돌보랴 마음을 낸 것이리라.

사람도 그렇지만 개나 고양이도 함께 사는 건 쉬운 일이 아니다. 사람도 그렇지만 개나 고양이도 '궁합'이 맞지 않으면 같이 지내기 힘들다. 열무는 사람을 몹시 따르고 사람 손길을 밝히는 고양이였다. 대개의 고양이집사들이 바라마지 않는 그런 고양이인 것이다. 그러나 내 친구는 열무가 졸졸 따라다니는 것을 성가셔했다.

"나는 란아 같은 고양이가 좋아요."

하얀 바탕에 검정 얼룩무늬의 단아한 자태로 고고하고 쌀쌀하게 곁을 주지 않는 란아. 그러나 어쩌랴. 그렇다고 "그럼 우리 란아를" 하고 바꿀 수도 없는 일 아닌가. 친구는 열무에게 정을 들이지 못했다. 다정다감한 열무가 너무도 외롭게 지내는 것 같아 생각하면 가슴이 아렸다. 고양이를 기꺼이 들이려는 마음의 준비 없이 졸지에 한 고양이를 떠맡은 셈이 된 친구에게 미안하기도 하고. 그는 남자여서 그런지 고양이 화장실을 치워주는 것도 여간 힘들지 않은 눈치였다. 그러던 어느 날 그 친구가 전화통화를 하며 킬킬거렸다.

"선배, 우리 열무 트렌스젠더 됐어요!"

열무가 아파서 병원에 데려갔는데 수놈인 줄 알았던 열무가 암놈이라 그러더라는 것이다. 이따금 바깥을 들락거리는 외출고양이로 사는 열무가 암놈이라니 웃을 일이 아니었다.

한 집에서 두 생물이 되도록 독립적으로 살기 원하는 그로서는 열무가 새끼를 가지게 될지도 모르게 된 게 당혹스러울 터였다. 뒤숭숭히 아슬아슬 몇 달이 흘러 열무가 발정기에 접어들었다. 친구는 열무한테 중성화 수술을 받게 했다. 이제야말로 열무가 그 친구 고양이가 된 듯해 마음이 놓였다. 그런데 1년쯤 뒤 그가 열무 보낼 곳을 찾아달라고 했다. 아무래도 자기는 고양이를 못 기르겠다고. 화장실 치우는 것도 익숙해지지 않고 열무를 돌보는 게 버겁다고 했다. 두 살이나 된 코리안 숏헤어 고양이를 대체 어디로 보낸단 말인가? 입양 조건으로 메리트라면 성정이 온순한 데다 중성화가 돼 있다는 것.

막막히 머리를 굴리다가 평론가 정과리 씨를 떠올렸다. 그 집에 고양이 두 마리를 기른다고 했지. 넓디넓은 복층 빌라에 산다니 열무를 받아줄지도 몰라. 정과리 씨한테 전화를 걸었다. 내 용건을 듣더니 정과리 씨는 난처한 목소리로 자기 집에 고양이가 세 마리라고 했다! 한 마리 더 들였다고…… 한 집에 네 마리는 무리다. 내가 잔뜩 풀이 죽었더니 정과리 씨가 혀를 한 번 찬 다음 말을 이었다.

"정 보낼 데 없으면 우리 집에 보내세요. 어떡하겠어요. 집에서 기르던 애를 밖에 내놓을 수도 없고……."

나는 기뻐서 펄쩍 뛰었다. 아아, 고마워라! 과리의 은혜! 아아, 보답하리~! 복 받으실 거예요, 정과리 씨! 정과리 씨네 고양이는 모두 코리안 숏헤어 수컷이라고 했다. 고급 품종 고양이가 아니라 코리안 숏헤어들을 거두는 거로 미루어 정과리 씨가 얼마나 괜찮은 사람인지 알 것 같았다. 열무는 여자애니까 오빠들이 텃세도 안 부리고 예뻐해 줄 거야. 천만 근 짐을 벗은 듯했다.

전화를 끊은 뒤 여유작작한 마음으로 만화가 선현경에게 전화를 했다. 선현경네는 스코티시폴드와 페르시안 고양이를 기르는데 이름이 하나는 '카프카'고 하나는 '비비'다. 어느 쪽이 카프카고 어느 쪽이 비비인지는 모르겠다만. 그 집도 고양이가 살기에 썩 좋은 환경이다. 가능하면 정과리 씨 가족한테 네 마리째 고양이라는 부담을 주고 싶지 않았다. 선현경네는 5개월령 길고양이를 셋째로 들인 적이 있다. 선현경 시동생이 사는 집 뜰에서 밥을 먹는 길고양이가 낳은 새끼인데 어미한테 너무 학대당하는 걸 보다 못해 시동생이 안아 들고 왔다고 한다. 그 어미가 새끼를 독립시키려 모질게 대한 모양이다. 그 셋째 이름은 '타로'였다. 그런데 카프카인지 비비인지 그 집 스코티시폴드가 어찌나 타로를 쫓아다니면서 물어뜯는지 한번은 40만 원어치를 꿰맸다고 했다. 매일 분란이 일어나는 것도 정신 사납고, 타로가 기를 못 펴고 공포 속에 사는 게 불쌍해서 결국 다른 집으로 보냈다. 새로운 집에서는 외동고양이로 안락하게 지내고 있다니 다행이다.

딸 고양이는 엄마 고양이와 오래도록 사이좋게 잘 지낸다. 수놈으로 태어난 게 타로의 연이은 고난의 원인이었다. 엄마의 학대를 면하자마자 유독 성깔 사나운 수고양이인 스코티시폴드를 만나 그 봉변을 당한 것이다. 개한테 타로는 제 영역을 침범한 수고양이로서 타도 대상일 뿐이었던 것이다. 사람이나 고양이나 수컷들의 삶도 참, 녹록지 않다.

어쨌거나, 비어 있는 선현경네 셋째 자리는 탐스러웠다. 어쩌면 내게 협상가로서 천부적 자질이 있는지도 모르겠다. 타로가 당한 것 같은 일이 또 생길까 봐 망설이는 선현경에게 열무가 유순한 여자애라는 것, 어차피 그 댁같이 고양이한테 좋은 환경은 누구나(?) 눈독을 들일 것이기에 언제라도 셋째 고양이를 가지게 되리라는 것, 첫째와 둘째가 품종 고양이니 하나는 코숏이어야 하지 않겠냐는 것을 부각시켰다. 무엇보다도 열무의 딱한 처지가 선현경의 고운 마음을 움직였을 것이다. 고양이들이 열무를 내치지 않는다면, 이라는 조건으로 일단 열무를 맡겠다고 했다. 정과리 씨에게 상황을 알리자 잘 됐다고 기뻐해 줬다.

열무는 아기 때와 똑같이 수줍은 미소를 띤 얼굴로 가만히 안겨 이동장 안에 넣어졌다. 화장실과 작은 파이오니아 캣타워와 먹던 사료를 챙겨 차에 싣는데 가슴이 찡했다. 2년 가까이 열무와 함께 지낸 친구도 좀 울컥했을 것이다. 그래도 열무는 이제 고양이천국에 살게 된 거야. 선현경도 그녀의 남편도 딸 은서도 모두 고양이를 예뻐하는 사람들이고, 고양이 오빠 언니도 있고, 뜰이 딸린 넓은 이층집이니까 계단도 있지.

다행스럽게도 스코티시폴드 애가 열무한테 적의를 보이지 않는다고 했다. 이제 되었다고 생각했는데 나흘째 되는 날 선현경이 전화를 했다. 열무가 그동안 아무것도 먹지 않았다는 것이다. 물도 마시지 않고. 고양이는 오래 굶으면 간

수치가 급격히 올라가서 생명이 위험해진다. 선현경은 걱정에 차 안절부절못했다. 새 생활에 아직 적응이 안 돼서 그러나 보다고 선현경을 달랬지만 나도 걱정이 됐다. 수의사 친구에게 전화해서 의논했더니 성산동의 한 병원에 가서 무슨 주사를 맞히라고 했다. 그 주사를 맞으면 무조건 식욕이 동해 먹게 돼 있다면서.

열무의 보호자였던 친구한테 연락했다. 그는 살짝 잠긴 목소리로 웅얼거렸다.

"그놈이 의리를 지키려고 아무것도 안 먹고 있다니 기특하네."

열무를 보내고 그도 속이 편치 않았던 것이다. 다음 날 그 친구와 함께 선현경 집으로 갔다. 조금 마른 듯한 열무는 은서 침대 위에 얌전히 웅크리고 앉아 예의 담담한 미소로 우리를 맞았다.

"아직도 안 먹어요!"

선현경이 울고 싶은 듯 하소연했다. 열무를 데리고 우리는 성산동 병원이 아니라 선현경네 단골인 그 동네 동물병원으로 갔다. 의사는 선현경 얘기를 들은 뒤 청진기로 열무를 살피고 주사 두 대를 놔줬다.

"이게 식욕을 돋게 하는 주사인가요?"

내가 기대에 차서 묻자 의사는 고개를 갸웃거리며 대답했다.

"글쎄요. 위를 보호하고 움직이게 하는 약인데, 밥을 먹을지는 장담 못해요."

"어? 한 대 맞으면 밥 먹게 하는 주사가 있다던데요?"

"우리 병원에는 없어요. 그게 마약 비슷한 걸 텐데……."

성산동 병원에 갔으면 좋았을걸……. 우리 셋은 열무를 데리고 침울하게 병원을 나왔다. 은서 방에 돌아와서 서성거리던 친구가 사료 몇 알을 손바닥에 올려놓고 열무 앞에 내밀었다. 잠시 후 열무가 친구 손바닥 위의 사료를 먹기 시작했다. 선현경과 나는 탄성을 질렀다. 열무는 두 숟가락 정도 사료를 먹었다.

"열무가 이제 밥을 먹을 거 같아!"

"그러게요. 그랬으면 좋겠는데……."

"손바닥에 올려서 줘봐."

"그럴까?"

선현경 집을 나설 때는 사뭇 마음이 가벼웠다. 갑자기 배가 고파져 친구와 냉면집에 들어갔다. 냉면 나오기를 기다리는 시간에 친구가 씨익 웃으며 웅얼거렸다.

"이건 뭐, 맨날 술 마시고 두들겨 패도 절대 이혼 도장 안 찍어주는 마누라 같네요. 내가 하나도 잘해준 거 없는데 그 녀석이 왜 그러나 모르겠어요."

나도 피식 웃었다. 이틀 뒤 친구가 전화했다. 열무가 계속 밥을 거부해서 굶겨 죽일까 겁난다는 연락이 왔다는 것이다. 그래서 도로 데려왔다고. 열무야, 아주 복을 차는구나, 복을 차! 한숨이 나왔다.

"열무, 아직도 굶고 있어?"

"아니요. 얼마나 잘 먹는지 몰라요."

친구는 웃으며 좀 밉살맞다는 듯 대답했다.

"이번에 고양이의 행복이란 무엇인가에 대해 다시 생각해 보게 됐어요."

선현경의 말이다. 후, 고양이의 행복이라…….

고양이의 행복

우리 애들이 느긋하게 널브러져 자는 모습을 보면, 고양이의 평균 수면 시간이 하루 열여섯 시간이라는데 바깥 아이들은 한시인들 어디서 편히 잠을 잘까 생각하게 된다.

우리 애들이 신 나게 장난치는 걸 보면, 다 큰 고양이도 얼마나 장난을 좋아하는데 바깥 아이들은 아기 때부터 늘 긴장 속에 살고 있구나 생각하게 된다.

우리 애들을 행복하게 지내게 하고 싶으면서 그때마다 바깥 아이들의 불행이 떠올라 가슴을 찌른다.

동물은 원래 바깥에서 제 힘으로 사는 거라고, 그렇게 살다가 힘이 부치면 죽게 내버려두는 게 순리라고 생각하는 사람이 많다. 그럴지도 모른다고 나도 생각했는데,《고양이탐구생활》이란 책을 보고 그렇지 않다는 걸 깨달았다. 현재의

개와 고양이는 인간이 제 필요에 의해 인간에 의탁해서나 생명을 부지하도록 개량했기 때문에 인간이 책임져야 한다는 것. 인류는 길들였던 동물들에게 빚이 있다. 극소수 사람이 그 큰 빚을 갚자니 캣맘들이 거의 도산 지경일 밖에.

집 애들 사료는 꽤 비싼 걸 먹이면서 바깥 아이들한테는 아주 싼 걸 먹이고 있다. 두 가격을 합해서 마릿수 대로 나눠 맞춘 사료를 양쪽에 제공하는 게 공평하겠지만, 바깥 아이 수가 너무 많으니 그 애들이 얻을 것은 아주 적고 집 애들이 잃을 것은 아주 많다는 계산으로 나를 변호한다. 바깥에 사는 애들은 추위 등 아주 열악한 환경에 있으니 더 잘 먹여야 한다 생각하고 그를 실행하는 이들이 있는데 존경스럽다. 그들은 진짜 휴머니스트다. 자기 친자식들보다 원아들을 더 챙기는 고아원 원장 같은 분들이다.

바깥고양이들한테 싸구려 사료를 먹이는 고뇌를 토로하자 한 친구가 위로의 말을 했다.

"걔들은 그 대신 자유를 누리잖아."

"우리 애들은 (나랑) 평등을 누리고."

자유라…… 글쎄…… 그러기라도 했으면 좋겠다. 바깥도

바깥 나름이지, 고양이한테는 죽을 자유밖에 없는 이 징그러운 대한민국!

밥과 잠자리와 화장실만 확보되면 고양이들은 더 원하는 게 없다고 한다. 고양이들이 쏘다니는 건 그 세 가지를 구하기 위해서지 자유를 구가하는 게 아니란다. 그러니까 좁은 원룸에서 키워지는 고양이를 가련해할 이유가 없다. 거기서도 고양이는 충분히 자유롭다.

오늘의 깨달음. 진정한 자유는 평등에서 온다.

아그배

고개를 푹 수그리고 앉아 밥을 먹는 보꼬를 위에서 내려

다보면 영락없는 아그배 모양이다.

누렇게 잘 익은 아그배. 꼬리는 아그배 꼭지고.

누가 누구를 좋아하나

란아가 제일 좋아하는 건 보꼬다. 그다음이 명랑이. 꼴찌가 나.

보꼬가 제일 좋아하는 건 나. 그다음이 란아. 명랑이는 꼴찌.

명랑이가 제일 좋아하는 건, 전에는 란아였고 지금은 나다. 두 번째로 좋아하는 게 란아. 보꼬는 꼴찌.

나? 나는 셋 다 똑같이 '제일' 좋아한다. 뭐…… 란아가 워낙 나한테만 쌀쌀맞게 구니까 살짝 덜 좋은 것도 사실이지만, 대신 어쩌다 곁을 좀 주면 감격하게 되니까 '쌤쌤'이다.

보꼬랑 명랑이는 왜 이리 사이가 안 좋은지 모르겠다. 얼굴만 마주치면 투닥거리는 오누이 같다. 둘 다 성질 사납지 않은 게 다행이다.

잠든 냥이도 다시 보자

우리 집에서 병원 신세를 제일 많이 지는 건 보꼬다. 그래 봤자 이날까지 세 차례지만. 맨 처음에 병원을 다니게 된 건 전적으로 내 잘못이었다. 귀 세정제로 애들 귓속을 닦아주는데 재미 붙인 때였는데 그때는 제일 만만했던 보꼬를 붙들고 매일매일 속이 후련해지도록 닦아댔더니 귀에 염증이 생겼다. 진찰 결과 귀에 진드기도 있다고 했다. 그래서 시커먼 게 많이 묻어나왔고 귀 세척이 더 재밌었던 것이다. 드레싱하고 진드기 제거 처치로 레볼루션종합기생충 구제약을 하고, 연고를 발라주고, 병원에 며칠 데리고 다니며 항염제 주사와 항생제 주사를 맞혔다. 아픈 주사라던데 어찌나 미안하고 불쌍하던지. 애가 귀를 긁적거릴 때 곧장 레볼루션을 맞혔으면 빨리 나을 것을 무식하게 귀 세정제만 처덕처덕 적시고 닦아댔으니…….

두 번째에는 곰팡이 피부병 때문이었다. 보꼬를 빗질해주다 보니 왼쪽 엉덩이에 뭉텅 털이 빠져 있는 거였다. 전날도 못 보던 거라 처음엔 지들끼리 놀다 물어뜯긴 줄 알았다. 하지만 그 무렵 곰팡이 피부병에 대해 얘기를 많이 듣던 참이라 혹시나 해서 병원에 데려가 보였더니 바로 그 곰팡이 피부병이라고 했다. 의사선생님은 차양을 치고 불을 꺼서 어둡게 한 다음에 커다란 렌즈로 비춰보는 간단한 진단으로 그걸 알아냈다. 그 렌즈로 비춰보면 곰팡이가 형광빛을 내나 보았다. 면역 증강 주사와 항진균 주사 맞고, 소독약과 연고, 그리고 6일치 약을 타왔다. 그전번에 귀 염증 치료할 때도 내가 약을 못 먹여서 매일 주사를 맞혔었는데, 이번엔 항진균 주사를 많이 맞으면 몸에 안 좋다고 약을 먹이라고 했다. 하루에 두 번씩! 걱정이 태산이었다. 한 번 먹이기 시작하면 최소한 일주일은 계속 먹여야 한다고, 아니면 치료에 도움 안 되면서 내성만 생긴다고 했다. 미치겠네…….

심란해서 고양이카페를 검색해보니, 약은 독해서 간이 나빠질 수 있다고 먹이지 말라는 의견이 있었다. 그냥 잘 먹이고 청결히 해주고 연고 발라주면 낫는다고. 그렇잖아도 약 먹일 일이 끔찍했는데 이게 웬 반가운 말씀이냐! 우리 의사 선생님도 내가 원체 약 못 먹이는 걸 아니까 처음에는 약을 조제하지 않았더랬는데 약 먹이는 게 치료에 효과적이라기에 내가 청해 받은 것이다. 안 먹여도 괜찮을까? 심지어는 안 먹이는 게 좋을지도 몰라. 그래도 곰팡이 피부병은 란아한테도 명랑이한테도 나한테도 옮을 수 있으니 빨리 끝장을 봐야 하는데…….

고민하다가 약을 먹이지 않기로 결정했는데 다행히도 그리 심하지 않았는지 연고를 발라준 것만으로 보꼬의 피부병은 나았다. 아무한테도 옮기지 않았고. 우리 집에 볕이 잘 드는 것도 일조했을 것이다. 내가 고양이 털 빗기기를 게을리했다면 보꼬의 곰팡이를 번성할 때까지 발견하지 못했을 것이다. 잘했네~!

보꼬의 곰팡이 피부병 약은 버리기 아깝던 차에 마침 한 친구가 자기 고양이가 곰팡이 피부병에 걸렸는데 병원 데려갈 시간이 없다고 호소하기에 얼른 줬다. 우리 둘 다 얼마나 흐뭇하던지! 그 집 고양이는 우리 보꼬의 반밖에 무게가 안

나가서 약을 반씩 먹이라고 일러줬다. 참, 그 와중에 의사선
생님은 보꼬의 비만을 걱정했다. 곰팡이 피부병보다 더 무서
운 게 비만이라는데……

달밤에 커피콩 고르기

어제 저녁에 친구들과 저녁 모임이 있었다. 아무래도 귀가 시간이 늦어질 것 같아서 나가는 참에 일부 바깥애들 사료를 줬다. 집에서 좀 떨어진 공터에는 너덧 달 된 아깽이 혼자 살고 있었는데 보름 전엔가 개보다 좀 큰 애 하나가 흘러들어왔다. 둘 다 젖소로 불리는 검정 얼룩무늬로서 순둥이 고양이다. 거기는 키튼 사료를 놓고 있다.

좀 아까 2시든가 3시든가, 귀가했는데, 택시에서 내리면서 그 어린 냥이들 밥그릇 안부가 궁금해졌다. 날 밝은 때 줘서 비둘기나 지나가던 강아지가 다 먹어치운 건 아닌가 가봤더니 원래 살던 아깽이가 혼자 밥을 먹고 있었다. 그릇을 보니 거의 비었기에 가방에서 아까 부어주고 남은 사료 봉지를 꺼내 한 줌만 남기고 마저 줬다. 한 줌은 쓰레기 수거장 쪽을 오다가다 먹는 애 몫으로 남겼다. 그런데 걸어가면서 가방에 사료 봉지를 집어넣는데 봉지 하나가 또 손에 잡히는 거다. 와, 잘됐네! '오다가다 냥이' 몫이 좀 적은 듯싶었는데. 근데 이건 또 언제 가방에 넣었나…… 생각하는 순간, 으악!

마구마구 되돌아 달려가서 아깽이한테 밥그릇을 뺏었다. 한 친구가 봉지에 담아온 커피콩을 내 가방에 넣어줬는데 깜빡 잊었던 거다! 어흐흑…… 무슨 커피콩이 키튼 사료랑 생긴 거나 사이즈나 어쩜 그리 닮았는지. 커피콩이 조금 더 짙고 맨들맨들하다는 거, 그리고 한가운데 보리쌀처럼 줄이 있다는 거만 달랐다. 달은 밝았지만, 그리고 근처에 보안등도 켜져 있었지만, 한 홉쯤 되는 사료와 한 홉쯤 되는 커피콩을 섞어놓고 거기서 커피콩만 골라내기가 얼마나 힘든지! 한번 따라해 보시라. 거의 30분은 쪼그리고 앉아 골라냈다. 옆에서 아깽이는 배고프다고 에옹에옹 울고…….

지금 내 식탁 위에는 사료가 듬성듬성 섞여 있는 커피콩이 있다. 아깽이들 밥그릇에는 커피콩이 한 알도 없기를!!!

야생초 매트

　　창고로도 쓰는 보일러실을 정리하다가 순한 풀빛의 자그 맣고 네모난 물건을 발견했다. 이게 아직 있었네. 4년 전 여름에 산 야생초 매트에 덤으로 온 야생초 베개였다. 인터넷 몰에서 원래는 3만 얼마인데 7천 원에 판매한다는 말에 혹 해 두 세트 샀었다(할인 폭이 큰 세일 물건에 나는 사족을 못 쓴 다). 가격대비가 아니더라도 훌륭한 매트였다. 감촉이 서늘 하고도 보들보들한 그 야생초 매트로 우리 야옹이들 셋과 나 는 행복한 여름을 보냈다.

　　더블침대 크기였는데 마른 풀로 만들어서 야옹이들이 극 호감을 갖고 비벼댔다. 거실 마루나 옥상에 활짝 펴놓고 우 리 넷은 마냥 뒹굴었다. 두 번 접어서 깔고 자기도 하고, 세 번 접어 던져놓으면 야옹이 셋은 아주 광란의 도가니가 됐다. 살짝 벌어진 틈에 들어가 숨고, 숨은 놈 위에 달려들고, 도망가고 캥캥거리고, 슬라이딩해 미끄럼을 타고. 야옹이들이 놀다 지칠 때쯤 야생초 매트는 저만치 한구석에 밀려가 처박혀 있었다. 야옹이들은 그 위에서 나동그라져 잠들었다. 매트 한 장은 침대에 펴놓았다. 야옹이들이 올라와 뒹굴어도 털 한 오라기 안 묻었다. 묻어도 상관없었지만.

침대에 깔았던 건 고양이 기르는 친구한테 자랑 겸 소개 겸 선물했고, 마루에 깔았던 건 작게 접어서 야옹이들 깔개로 쓰라고 철장 위에 놓았었다. 색깔도 은은하고 좋았는데 보꼬 녀석이 그 위에도 어찌나 자주 토해놨는지 몇 번 빨다가 버렸다. 그 좋은 걸 어떻게 새까맣게 잊고 살았나 몰라. 그게 중국산이었지? 올여름에도 장만해야겠다.

나비들과 여름나기

　　세상에서 제일 무거운 게 눈꺼풀이라더니, 당최 눈이 안 떠진다. 내 왼쪽 뺨과 어깨 위를 스치는 건 며칠째 돌아가고 있는 선풍기의 바람이다. 나는 선풍기 바람이 미치는 곳에 상반신 반쪽을 둔 채 잠들었다가 막 깬 참이다. 얼마나 잔 것일까? 몇 시나 됐을까? 온몸이 방바닥에 엿가락처럼 씹던 껌처럼 찰싹, 아예 눌어붙은 듯하다. 다시 잠에 빠져들려는데 따각따각따각 방바닥에 발톱 부딪치는 소리가 옆을 지나간다. 그 소리를 향해 손을 뻗으며 눈을 떴다. "아르르르릉!" 흐흐, 보꼬! 화장실 다녀오는구나? 내 손이 불시에 제 등에 얹혀 놀랐다는 시늉을 하는 보꼬. 비실비실 몸을 일으켜 앉아 한바탕 쓰다듬어준 뒤 놓아주자 보꼬는 어슬렁어슬렁 침대방으로 들어간다. 다른 녀석들은 어디 있을까?

그나저나 아까워라! 선풍기 앞에 두루 퍼져 있기에 같이 바람을 쐬자고 나는 한 귀퉁이만 차지하고 누웠었는데. 이놈들이! 보꼬를 쫓아 침대방에 가보니 텔레비전이랑 침대 사이에 란아랑 보꼬가 널브러져 있고, 명랑이는 문가 책상 밑에서 잔다. 두 놈 쪽을 향해 거기 선풍기를 2단으로 틀어줬다. 요새는 야옹이들 따라다니며 선풍기를 틀었다 껐다 하는 게 아주 일이다. 게다가 더위를 먹어 그런 듯 자주 토해놓는데 그거 치우는 것도 일이고.

어제는 냉장고에서 찬물을 꺼내 마시다가 그릇에 담아 일일이 쫓아가서 대령했다. 보꼬랑 명랑이는 할짝할짝 기갈 들린 듯 마셔줘서 보람찼는데, 내가 제시하는 건 죄다 일단 거부하고 보는 란아는 역시 홱 고개를 돌렸다. 그래서 붙들어놓고 플라스틱 숟가락으로 떠서 입안에 흘려 넣었다. 그럴 때는 아주 얄미워 죽겠는 란아다.

덥다…… 덥다…… 덥다아!

방바닥 구석구석 보일러를 틀어놓은 듯 뜨끈뜨끈하다. 방바닥 아래 깔린 파이프가 높은 온도로 달궈져 있을 터이다. 책상도 걸상도 식탁도 컴퓨터도 온통 뜨끈뜨끈. 헝겊이고 가

죽이고 나무고 플라스틱이고 안 뜨거운 게 없다. 책도 뜨끈 뜨끈하다. 현관문만 빼놓고(보꼬랑 명랑이는 내쫓아도 안 나갈 놈들이지만, 란아는 가출할 소지가 다분해서 조심해야 한다), 문이란 문은 죄다 열어놓고 있다. 밀폐돼 있으면 그 안이 폭발할 듯 데워지기 때문에 보일러실 문도 화장실 문도 활짝 열어놓았다. 그런 요즘 화장실 갈 때마다 조마조마하다. 그나마 좀 서늘한지 화장실 타일 바닥에 보꼬가 종종 널브러져 있는데 내가 들어가면 성가셔하기 때문이다. 땀투성이가 돼도 즉시 샤워할 수가 없다. 물론 내가 샤워기를 들면 투덜거리면서 얼른 나간다. 그저께 찬물 세례를 받았거든요. 에고, 세 놈 샤워시키기가 어찌나 덥고 고되던지……. 참, 요새는 냉수를 틀어도 뜨뜻한 물이 나오더라!

변기 뚜껑을 내려놓고 그 위에 멍하니 앉아 있는데 란아가 고개를 디민다. 웬일이냐?

"아우우웅~~ 에우웅~"

란아가 눈 끝이 축 처진 채 나를 향해 힘없이 운다.

"란아, 너무 더워? 미안, 란아. 너무 더워서 어떡해?"

큰일 났다. 아직 아침 9시도 안 됐는데 벌써 훅훅 찐다.

큰일이다. 몇 년 전에 소설 쓰는 경숙이가 에어컨을 준다 했을 때 받을 걸 그랬다. 유리창에 실외기 구멍 뚫는 게 싫어서 사양했는데 후회막급이다. 이놈의 날씨, 야옹이들 다 잡겠네!

옥상을 내다보니 방수처리제로 덮인 녹색 바닥이 위협적으로 번들거린다. 반사열 막이로 깔아두려고 돗자리를 들고 나가자 란아가 따라 나온다. 아우, 란아야! 밖이 더 더워! 란아는 뜨거운 옥상 바닥에서 앞발 하나를 들고 망설이다가 아래층 차양 위로 뛰어내린다. 야! 거기 한 조각 그늘진 곳이 있긴 하지만, 점점 더 달아오를 텐데. 아우, 난 몰라! 하긴 여기랑 거기랑 어디가 더 더울지 모르겠다.

안에 들어오니 이번에는 명랑이가 외마디 비명을 지르며 호소하는 눈빛으로 나를 본다.

"너무 더워 죽겠어? 명랑아, 코~자. 더울 때는 코 자는 게 제일이야."

착한 우리 명랑이. 잠시 후 선풍기 옆에 길게 누워(에구, 속 터져! 왜 앞이 아니라 옆에 눕니?) 잠을 청한다. 지금 명랑이는 노트북을 두드리는 내 발치, 컴퓨터 책상 아래서 자고 있다. 가끔 몸을 뒤척거리면서. 보꼬는 화장실 타일 바닥에서 자고 있다. 고양이는 일거수일투족 안 예쁜 데가 없지만 그중 제일 예쁜 건 역시 자는 모습이다. 그 점, 사람 아기랑 똑같다. 보꼬는 냉동실에서 얼린 쿨젤을 수건으로 돌돌 말아 머리통 밑에 받쳐줬었는데, 그걸 저만치 밀어놨기에 집어다가 다시 목덜미에 대줬더니 "아릉!" 소리를 내며 일어나 자리를 떠버렸다. 지금은 싱크대 아래 누워 있다. 이놈도 이상한 데가 있다.

밖에서 란아의 신음인지 비명인지가 들리는 것 같아 화들짝 나가봤다. 발바닥에 닿는 옥상 바닥이 완전 불판이다.

"란아야! 란아야! 빨리 들어와!"

애타게 불러도 들은 척 만 척, 란아는 코빼기도 안 보여준다. 열사병에 걸릴라…….

거의 일주일째 바깥야옹이들 낮밥을 오후 4시가 넘어 돌리고 있다. 마음은 그렇지 않은데, 몸이 그전에는 도저히 안 움직인다. 폭염 한낮이 좋은 건 지나다니는 사람이 없다는 데 있다(한겨울 깊은 밤도 사람이 없어 밥 주러 다니기 편하다). 기진맥진해서 비탈을 올라갈 때 폐지 모으는 할머니를 만나면 참 속이 상한다. 화가 날 지경이다.

"아휴, 이 시간에 다니지 마세요!"

할머니는 땀과 열기에 허옇게 뜬 얼굴로 멋쩍게 웃으신다.

"집이도 나왔네……."

쾌락주의자 보꼬

우리 보꼬처럼 쾌락적인 고양이도 있을까? 마따다비 가루를 주면 코카인 흡입하는 것처럼 "흡!흡!" 하면서 정신없이 핥아먹는다. 초콜릿이 고양이에게는 극약이라는데, 초콜릿 포장지에도 코를 들이대고 핥고, 늘 담배 한 대 얻을 기회를 노리는 보꼬. 재떨이나 담뱃갑이 잠깐 방치되면 어느새 그 주위에 물어뜯긴 담배가 뒹굴고 있다. 에휴, 몸에 정말 안 좋을 텐데…….

한밤중의 한 시간

밤이면 밤마다 세 놈이 우다다를 해서 아래층 이웃한테 면목이 없었다. 층간 소음방지 카펫이라도 깔아야겠다고 진지하게 고민했었는데 언젠가부터 완연히 우다다가 줄었다. 우다다를 하더라도 잠깐뿐이다. 그럴 시간에 잠을 더 잔다. 자는 것도 어쩜 그리들 이쁜지……

실로 오랜만에 우다다 소리가 난다. 두근두근 반갑다. 우다다는 애들이 행복하고 건강하다는 증표다. 밖에 나가 구경하고 싶지만, 내가 끼어들면 어째 우다다가 잦아든다. 특히 란아는 시치미 뚝 떼고 새침 모드로 돌아간다.

새벽이다. 현재 고양이카페에 접속 멤버 23명. 문득 궁금하다. 접속 멤버가 달랑 1명 남는 때도 있을까, 아니면 0명일 때도?

포커페이스

고양이와 개가 포커를 하면 항상 고양이가 딴단다. 그 이유는, 개는 절대 포커페이스가 안 되기 때문. 카드패가 좋으면 자기도 모르게 꼬리를 친다나. 내가 좀 비슷했는데 지금은 나도 고양이처럼 표정 관리를 잘한다. 흠~ 그래서 옛날의 나인 줄만 알고 있는 친구들한테 요즘은 곧잘 돈을 딴다. 속이 곯아 있어도 겉이 멀쩡할 때면 판이 커져도 꿋꿋이 따라가는데, 그러면 블러핑bluffing하던 친구는 분한 듯 "쟤는 곧이곧대로야. 된 모양이네" 하며 카드를 덮는다. 그러고는 나중에 내 패를 보고 "쟤 변했어!" 외친다. 고양이인지 개인지 나도 몰라요~. 그래도 내가 간이 작은지 블러핑은 못하니까 판을 더 키우는지 아닌지로 짐작할 수 있으련만. 그때가 되면 또 변신해야지!

손님

지난겨울 어느 날 뜻하지 않게 친구들을 내 방에 들이게 됐다. 좀처럼 술자리를 끝낼 생각 없는 친구들이 내 편의를 봐준다는 선의랍시고 3차를 우리 동네에서 마시기로 한 것이다. 그런데 새벽 2시에 문을 연 곳이 없었다. 편의점에서도 음주는 안 된다 하고. 할 수 없이 우리 집으로 데려갔다. 일행이었던 시인 김정환 선배의 깔끔함을 익히 알기 때문에 더욱 내키지 않았지만, 선배가 취해서 우리 집이 얼마나 더러운지 못 알아채기만을 바랐다. 그런데 옥탑방까지 좁고 가파른 계단을 올라오느라 술이 깨신 것일까.

집에 들어서자마자 선배가 '헉!'에 가까운 "어!" 소리를 내시더니, "큰일 났다, 이 녀석들! 아무 데서나 똥 싸는구나!" 외쳤다. 내 양생에 대한 근심과 불결한 공기에 대한 공

포가 평소 선배의 예의범절을 이긴
일성이었다. 그제야 정신이 번쩍 들
었다. 우리 집에 손님을 들이다니 내
가 미쳤구나! 먼지를 털어본 게 언제
인지 기억 안 날 정도고, 걸레질은 두
어 달에 한 번, 방바닥에 진공청소기
나 한 번 후딱 돌리고 사는 지경인
데…… 책상이고 식탁이고 싱크대고,
상판이란 상판에는 죄다 제 수납처를
벗어난 온갖 물건들이 쌓여 있다. 무
엇보다도 며칠 동안 창문 한 번 열어
놓지 않았다. 고양이가 셋이나 사는
집인데…… 외양간이 아니라 돼지우
리 냄새가 물씬 풍길 터였다. 선배는
진심으로 그리 믿는지 내가 민망할까
봐 그러시는 건지 계속 고양이들이
변소 못 가리는 탓을 했다. 하지만 실
상인즉 목욕도 제때 못 시켜주고, 청

소도 환기도 제대로 못 해주니 우리 야옹이들한테 내가 엄청 잘못하고 있는 거였다. 그런 판에 깔끔한 우리 야옹이들이 똥싸개라는 누명을 쓰다니, 걔들이 김정환 선배 생각에 관심 없는 게 다행이었다.

피차 어색하고 불편하고 좀은 시무룩이 한 시간쯤 보낸 뒤 친구들이 돌아갔다. 선배는 집들이까지 합쳐 세 번째 방문이었는데 두 번째 방문 이후 2~3년 만에 집 안이 그 옛날 난지도 꼴로 변한 것에 충격을 받은 눈치였다. 정말 창피해서 낯을 들 수가 없다.

고양이들과 함께 살면서 나는 아주 깔끔해졌었다. 매일 총채로 먼지를 털어냈고, 하루 한 번은 스팀 걸레로 방바닥을 닦았다. 그랬는데, 왜 이렇게 됐을까…… 아무튼 결심했다. 첫째, 불시에 손님 들이지 말기. 둘째, 청소와 환기 엄수.

집 안에서 동물을 키우면 아무래도 좋지 않은 냄새가 차기 때문에 신경깨나 써야 한다. 나도 재작년까지는 가끔씩 고양이 화장실을 씻어 말려주고 이런저런 방향제도 사용했었다. 한때는 매일 향을 피우기도 했다. 앙증맞은 향 접시와 향꽂이도 여러 개였고, 인도산 천연 재료로 만들었다는 라벤 더, 자스민, 장미 등 향을 고루고루 장만했었다. 한여름에 창문이란 창문을 죄다 열어놓고 살아도 집 안 곳곳에 뭉글뭉글 배어 있는 냥이 응가 냄새를 가리는 거로 향이 필수품이라 생각했었다.

내가 그동안 많이도 지친 건 틀림없다. 거의 자기방기 상태다. 나를 진정시키고 정화시키기 위해서도 다시 향을 피워 봐야겠다. 나쁜 냄새를 쫓는 데는 손님이 최고!

디지털 카메라

토요일에서 일요일로 갓 넘어간 시간이었다. 고양이 관련 물품이 아니면 올리지 못한다는 규정이 있는 고양이카페 벼룩시장 초입에 '엇!' 은빛 나는 조그만 물건이 반짝 '이걸 올려도 될지~'라는 수줍은 문구와 함께 떠 있었다. 바로바로 소니 디지털 카메라 사이버 샷 T11, 부산에 사는 어린 아가씨가 주인이었다. 무척 아끼던 디카인 듯했다. 한 번도 디카를 사용해 본 적이 없어서 내가 조작할 수나 있을까 걱정됐지만 탐스러웠다. 즉시 입금을 한다면 19만 원에 주겠다고 했다. 그런데 설명서와 충전기와 어댑터가 없다고 했다. "그러면 그걸 어떻게 써요?" 물었더니 용산 전자상가 몇 층 몇 호실에서 몇천 원 내외로 구할 수 있다는 것이었다. 그래요? 쪽지로 이런저런 문답을 나눈 뒤 내가 사기로 했다. 무엇보다도 2

년 전에 일본에 가서 50만 원 주고 산 물건이라는 게 원가에 약한 나를 유혹했다. 나는 한밤에 은행에 가서 즉시 입금했다.

디카는 내 마음에 쏙 들었다. 야옹이들이 디카를 둘러싸고 관심을 보였다. 내가 한줌 크기 디카를 손으로 꼭 쥐어보는 동안 보꼬는 디카 손줄을 핥아보았다. 야옹이들도 찍어주고, 외출할 때마다 갖고 다니면서 이렇게도 찍어보고 저렇게도 찍어봐야지. 생각만 해도 신이 났다. 먼저 야옹이들을 찰칵찰칵 찍었다. 간단했다. 스위치를 켜고 셔터만 누르면 됐다. 찍은 야옹이들을 액정으로 하나하나 되돌려보면서 무슨 고난도 기술을 발휘하는 듯 으쓱해졌다. 뭐니뭐니해도 설명서가 중요해. 일단 설명서를 구해서 보자. 나는 하루 빨리 용산 전자상가에 다녀오겠다 마음먹고 디카를 소중히 책상 서랍에 넣어두었다. 그리고 하루, 이틀…… 한 달이 지났다. 어느 날 문득 생각나서 또 야옹이들을 찍어주려고 디카를 꺼냈다. 셔터가 눌러지지 않았다. 배터리가 나갔다는 걸 짐작할 수 있었다. 그래, 빨리 용산 전자상가에 가서 설명서도 구하고 충전기도 구해야지. 한 달, 두 달, 세 달…… 1년, 2년, 3년, 4년…… 5년이 지났다. 설명서는 재작년에 고양이카페

친구가 인터넷에서 찾아내 복사해줬는데 충전기나 구한 다음 읽어보려고 들춰보지 않았다. 그새 내 동생이 처박아두었던 것이라며 삼성 디카를 하나 줬다. 그건 건전지를 사용하는 거라 충전기도 필요 없다. 그 삼성 디카로 우리 애들을 짬짬이 찍는다. 하염없이 오직 찍는다. 몇 컷까지 찍히는지 알 수 없다. 좀 내버려뒀다가 다음번에 다시 찍으려 하면 건전지가 나가 있다. 너무 헤피 다네, 생각하면서 건전지를 갈아끼운다. 설명서를 구해서 컴퓨터에 옮기는 법 등을 익혀야지. 그게 언제일지는 또 모르겠다만……

며칠 전, 그림 그리는 한 친구한테 디카가 필요한 걸 알게 돼서 나의 소니 T11을 쾌척하기로 마음먹었다. 나한테는 삼성 디카가 있으니까. 그래서 충전기와 어댑터를 구하려고 이제야말로 용산 전자상가에 가봤다. 충전기는 구했는데, 충전한 뒤 디카를 열어보니 액정에 노이즈가 심했다. 너무 오래도록 안 썼나 보다. 완전 고물이 됐다. 아고, 돈 아까워! 내가 그 디카를 왜 샀을까. 우리 야옹이들만 아니었다면 디카 같은 것에는 관심 없었을 텐데.

생각해보니 그림 그리는 그 친구가 몇 년 전에도 디카를 아쉬워했는데 그때 줬으면 좋았을 걸 괜히 움켜쥐고 있었다.
고양이는 무사 무욕한 동물이다. 꼭 필요한 거 말고는 거들
떠보지 않는다. 고양이처럼 욕심을 버리고 살아야지.

아찔한 기억

외출한 지 여섯 시간 만에 집에 돌아왔는데, 현관문이 열려 있었다. 무서움이 와락 치밀었다. 지금 안에 침입자가 있나? 우리 애들은? 문을 여니 명랑이가 철장 안에 웅크리고 있다가 반기는 얼굴로 바라봤다. 보꼬는 침대 이불 위에 있다가 나를 반겼다. 다른 누구보다 걱정했던 란아는, 아니나 다를까 안 보였다! "란아! 란아!" 부르며 집 안을 뒤지는데 울음이 걷잡을 수 없이 터졌다. 아무 데도 없었다. 우리 집 내부에서 연결되는 옥상으로 통하는 유리문은 닫혀 있는데. 어찌나 절망스럽던지 방바닥에 쓰러져 미친 듯이 울었다. 두 애는 놀라서 멀찌감치 피했다. 난 머릿속이 하얘져서 막 울면서 밖으로 나갔다. 떠오르는 말이라고는 그 애 이름과 '어떡해? 아, 어떡하지?' 뿐이었다. 골목을 좀 헤매다 '누군가

의 도움을 받아야겠다, 그런데 대체 누구한테?'라고 생각하며 일단 집으로 들어왔다. 나도 모르게 울부짖으면서……. 그런데 이상했다. 결론을 말하자면 유리문 밖 옥상 난간에서 기적처럼 그 애를 발견했다는 것이다. 유리문이 분명 닫혀 있었는데. 정말 이상했다. 외출하기 전 분명히 라탄하우스에서 자고 있는 란아를 확인했고, 내 손으로 유리문을 닫았었다. 도대체 어떻게 나간 걸까? 만약 내가 유리문 닫는 걸 잊었었다면 저처럼 문을 닫아놓은 건 누구란 말인가? 갑자기 무서워졌다. 지금 집 안에 아무 침입자가 없는 건 틀림없었다. 란아를 찾으려 샅샅이 뒤져봤으니까. 그런데 현관문이 열려 있었던 거 하며, 옥상으로 통하는 유리문에 대한 혼란스런 기억이며, 명랑이가 극도로 불안할 때나 들어가 있는 철장에 있었던 거 하며, 내가 난리를 떨며 울부짖은 탓도 있겠지만 애들이 뒤숭숭해하는 것 하며……. 자동자물쇠라는 게 비밀번호를 몰라도 쉽게 열리는 건가? 너무 울었더니 온몸이 아팠다. 어쨌든 애들이 다 있어서 얼마나 다행이었는지. 유리문 너머로 란아를 본 순간 지옥에서 천국으로 바뀐 기억이 생생하다. 란아랑 나랑 아직 서로 무서워할 때니까 벌써 5년 전 일이다.

욕

명랑이 때문에 놀랄 때가 있다. 내가 무심히 곁을 지나는데 갑자기 후다닥 우당탕 기겁을 하며 달아나는 것이다. 명랑이 이 녀석, 뭐 찔리는 거 있는 거 아니야? 내가 저한테 해코지 한 번 한 적 없는데 대체 왜 저러는 거지?

"아무튼 겁은 우라지게 많어!"

종종 어디선가 들어본 이런저런 험구를 입에 올리며 혼자 킬킬 웃곤 한다. 고양이들과 함께 살면서 생긴 버릇이다. 자기 애한테 정을 담뿍 담아 욕을 하는 엄마들 심정, 이제 이해된다. 하여간 명랑이 녀석, 의심도 더럽게 많고!

134

그 인연의 시작

후암동이나 용산동2가에서 흰 털북숭이 냥이 잃어버리신 분 계신지요?
후암동에서 해방촌 오거리로 가는 길(남산 순환도로와 평행되는 둘째 줄 아랫길) 급경사 위에 있는 연립주택 앞에서 만났습니다. 자동차 밑에 있는데요, 울기만 하고 깊숙이 들어가 있어 꺼낼 수가 없어요. 비도 억수같이 오고. 전 6시 30분에 광화문에 가야 해요. 벌써 늦었어요. 어두워서 품종은 정확히 모르겠어요. 흰 털북숭이 같아요. 아직 냥이 찾는 글은 안 보이네요. 빨리 이 글 보고 찾아가보세요!

5년여 전 고양이카페에 올렸던 글이다. 그 흰 털북숭이 아가가 오늘날 나를 본격 캣맘이라는 고생바가지로 만든 시초다. 그전에는 집 앞 골목에서만 밥을 줬었다. 평소에 잘 다니지 않는 길이었는데, 그 애한테 밥을 주느라 발길을 트게 됐고 거기서 많은 고양이들을 만났다. 점은 점일 뿐이지만, 점이 하나 늘어나면 선이 되고, 하나 더 늘어나면 면이 된다. 그 다음에는 순식간 면이 넓어진다.

흰 털북숭이 그 아가는 골목 한가운데 널브러져 자기도 하는 태평스런 고양이였는데, 알고 보니 윗동네 아주머니가 돌보고 계셨다. 그 아주머니는 인터넷 고양이카페 세계 같은 건 알지 못하고, 동물병원에서 사료를 사서 그 동네 고양이를 먹이는 분이셨다. '대박'이라는 이름의 머리통 큰 말티즈 개를 키우는데, 대박이를 산책시키면서 고양이들을 만나고 밥을 주게 됐다고 했다. 그러면서 고양이 두 마리를 집에 들이게 됐다고. 흰 털북숭이도 집에서 키우려고 했는데 나가겠다고 자꾸 울어서 내보냈다는 것이다. 애교가 많은 데다 털빛이 희어서인지 동네사람들도 해코지를 하지 않았건만 무지개다리를 건넜다.

"옆집 사람이 약을 놨나 했는데, 차에 치인 거 같아요."

아주머니는 연립주택 3층에 살았는데 흰 털북숭이가 그 현관 앞에 매일 찾아왔었다고 한다. 그런데 같은 층에 사는 여인이 고양이 드나드는 거 싫다고 펄펄 뛰어서, 못 오게 하려고 막대기 들고 쫓아낸 적이 있다고 하는데 이 얘기를 하시면서 아주머니는 가슴 아파하셨다.

3주 정도 집 비울 일이 있었을 때 내 구역 고양이들 밥을 맡아주셨던 아주머니. 그 아주머니가 계셔서 참 든든했었는데 3년 전에 먼 곳으로 이사를 하셨다. 몹시 미안해하시면서 그 동네고양이를 부탁하시고.

우리 동네에서 고양이를 싫어하는 사람은 다 이사 가고 고양이를 좋아하는 사람만 와서 살면 좋겠는데, 정반대 상황이다. 작년에만 해도 고양이 키우는 집이 둘이나 동네를 떠났다. 그리고 비교적 마음 편히 고양이 밥을 놓아오다 태클을 거는 사람들 때문에 자리를 옮기게 된 곳이 여러 군데인데, 영락없이 그들은 새로 이사 온 사람들이다.

담벼락에 무슨 종이가 붙은 걸 보면 '고양이 밥 주지 마시오'라고 적혀 있을까 봐 가슴 졸이게 된다. 대개는 '부업 할 분 구함'이거나, 모월 모시에 이사를 하니 세워둔 차를 빼주십사 하는 내용이다. 매사 태무심한 편인 나였건만 이제는 오가는 이사 트럭도 예사로 보이지 않는다.

내가 그렇게 좋아?

스트레칭 체조를 하려고 방바닥에 누워 있을라치면 어느 새 명랑이가 슬그머니 달라붙어 내 얼굴을 지극 정성으로 핥아준다. 골골골골 꾸룩꾸루룩 소리를 내면서. 명랑아, 내가 그렇게 좋아?

체조를 마칠 때쯤 명랑이가 오면 미안하다. 오해하지 말렴. 너를 피해서 오자마자 자리를 뜨는 게 아니란다. 네가 너무너무 사랑스러워서 어떻게 하면 더 잘, 더 많이 안을 수 있을지 쩔쩔맬 때가 있단다. 미남에다가 머리도 좋고. 튼튼하고, 씩씩하고, 착하고, 로맨틱하고! 내가 암고양이라면 보이프렌드 삼고 싶은 우리 명랑이!

고양이친구

"웬 짐이 이렇게 많아요?"

주체 못할 만큼 여러 꾸러미 짐을 갖고 탄 게 미안하고 왠지 창피해서, 연세 지긋한 택시기사의 물음에 변명하듯 웅얼웅얼 대답했다.

"고양이친구들 만나러 가는데, 다 나눠 가질 거예요."

'고양이친구'라니, 알아듣지도 못하실 뭔 소리를 내가 하고 있는 거야? 생각하는 참에 택시기사 양반이 선뜻 반응을 보이셨다.

"하, 고양이친구! 고양이친구 좋지요."

엇, 이분도 고양이를 기르시나 봐!

"맞아요! 고양이친구 좋죠. 아저씨도 고양이친구 있으세요?"

"그러믄요! 고양이친구가 제일이에요."

아주 짧은 침묵 뒤, 내가 신이 나서 고양이 얘기를 꺼내려는 찰나 아저씨가 (다행히도) 먼저 입을 여셨다.

"그런데 고향이 어디세요?"

네? 속으로 전광석화처럼 의혹이 지나감과 동시에 풀렸다. 택시기사 양반은 '고양이친구'를 '고향이친구'로 알아들으셨던 것이다. 내가 고향 친구를 유아적으로 고쳐 고향이친구라 말했다 생각하시고 맞장구를 쳐주신 것. 이제 와 사실을 밝히자니 민망하고 성가셨다.

"아, 네…… 안성인데요."

고향이 겹치면 얘기가 길어져서 곤란한데 생각하며 최근에 가본 적이 있는 고장을 댔다. 내 어조에서 거리낌이 느껴졌는지 택시기사 양반도 좀은 의혹을 품으신 채 어색하게 "안성……" 하고 우물거리더니 말문을 닫으셨다.

고양이친구란 고양이카페를 매개로 친하게 지내게 된 사람들인데 만나면 제 고양이 얘기로 시간 가는 줄 모른다. 대개 뭔가를 주기 좋아하는 사람들이어서 가는 손은 무거워도 돌아오는 길은 가벼우리란 기대가 허사가 되기 일쑤다. 주는 것도 받는 것처럼 중독이 되는 것 같다.

내 고양이친구 1호는 파나소닉 포터블 CD플레이어를 받으러 신림동 고시촌에 가서 만났다. 고양이카페 나눔글에 오른 그 CD플레이어를 받아가기로 한 사람이 취소를 해서 뒤에 손든 내 차지가 된 것이다. 나눔글에는 '석기시대 유물'이라고 겸손하게 소개했지만, 외관도 세련됐고 성능도 싱싱한 물건이었다. 내 고양이친구 1호는 반지하 집에 살았는데 살림살이가 '이 빠진 데 하나 없이' 반듯했다. 그녀는 고양이를 기르고 있지 않았다. 넓은 집에 살게 되면 생각해보겠다고 했다. 이웃집 벽에 가려져 어둑어둑한 창밖에서 그녀가 밥을 주는 고양이들 중 한 마리가 방 안을 들여다보자 그녀는 값비싼 상표의 주식캔을 하나 따서 창살 너머로 건네주었다. 나한테는 치즈를 바른 베이글과 닥터페퍼를 내어줬다. 그리고 뒤에 그녀의 이웃에 사는 고양이친구, 풋풋한 모습의 고시생 아가씨가 온 뒤 피자를 시켜서 커피와 함께 먹었지. 제 고양이, 바깥고양이, 남의 고양이, 고양이 얘기를 쉴 새 없이 주고받으면서.

우리 집에 와서 첫 파트너로 '아시아 뉴에이지 뮤직의 신

천지를 개척한 젊은 피아니스트'라는 린하이의 앨범 『캣』(첫 곡 「미미」는 린하이가 기르던 고양이 이름이란다)을 서너 바퀴 돌렸던 그 포터블 CD플레이어는 지금도 마루 한 귀퉁이를 지키며 활발하게 활동 중이다. 허구한 날 쿵쿵 공기를 진동시키며 집 안 먼지를 열심히 털어내던 가정용 소니 컴퍼넌트 오디오는 뒷방 마님이 됐고……

잠

헉! 벌써 11시 44분?

몹시 피곤하지만 진도 좀 나가고 잘까 어쩔까, 침대에 누워 망설이다 잠들었는데 눈을 떠보니 창밖이 훤했다. 또 날 샜구나, 날 샜어. 낭패한 기분으로 멍하니 누워 있는데 내가 깬 기척을 알아채고 방에 들어온 란아가 작은 소리로 뭐라뭐라 하면서 침대에 앞발을 올려놓고 내 눈을 바라봤다. 오, 란 아님이! 란아는 괜히 그러는 애가 아니다. 밥그릇에 사료가 바닥에 깔린 걸 보고 더 담아놓을까 하다 그냥 들어왔는데 딴 놈들이 다 먹어치웠나 보네. 벌떡 일어나니 란아가 앞서 나갔다. 시계를 보니 8시! 어맛! 8시밖에 안 됐네! 이렇게 머리가 맑은데! 뛸 듯이 기뻤다. 밥그릇에 아직 사료가 남아 있다. 흠, 란아가 요즘 캔에 맛을 들였지. 기꺼이 황다랑어 캔 하나를 따는데 캔 따는 소리를 들은 명랑이가 달려오고 보꼬도 꾸물꾸물 기어 나왔다. 세 녀석들이 황다랑어 통조림을 찹찹찹 먹는 걸 보면서 흐뭇하고 느긋했다. 오늘은 일 좀 제대로 하겠군.

그런데 커피나 한 잔 만들어서 곧장 노트북 앞에 앉았으면 좋았을 것을 간발 차이로 식탁 위의 커스터드 케이크 봉지가 먼저 눈에 띄었다. 그럼 일단 저거 한두 개로 간단히 아침을 해결할까? 한 개 꺼내 베어 물면서 다른 한 손으로는 자기 전에 읽던 소설책을 펴들었다. 결국 열 개의 커스터드 케이크를 다 먹어 치운 뒤 배가 불룩해지도록 물을 마시고, 왠지 좀 화가 나고 억울하고 착잡한 채 몇 페이지 더 소설을 읽다가 그만 머리가 흐리멍텅해졌다. 아직 이른 시간이니까 한숨 더 자고 나서 일하자. 그래서 소설책을 들고 다시 이불 속으로 돌아갔던 것이다.

그래도 11시 44분, 아직 오전이니 얼마나 다행인가? 사실 지금도 자고 있을 뻔했다. 속이 더부룩한 채 한숨 더 자고 눈을 떴는데 여전히 졸렸다. 아, 왜 이렇게 졸리고, 졸리고, 졸릴까. 자도 자도 졸리네. 일 좀 하려고 하면 더 졸리네. 여기까지 생각하다가 번쩍 깨달음이 온 것이다. 원래 잠이란 끝이 없는 것이다! 조금 졸리더라도 일어나 움직이다 보면 잠이 깨는 것이다! 그래, 그런 것이었어! 발등에 떨어진 불같은 원고로 압박받고 있을 때 더 졸린 것은, 여태 알고 있었던 것처럼 스트레스 때문이 아니었다. '맑은 정신으로 써야지' 하는 생각이 문제였다. 갓 깼을 때 정신이 맑기는 그리 쉬운 일이 아니다. 어지간히 잤으면 다짜고짜 일어나고 봐야 한다! 나는 벌떡 일어났다. 만세! 졸음이 달아났다!

　애녀석들은 여기저기서 자고 있다, 고 워드를 치는 순간 그물 텀블러 속에서 자던 명랑이 녀석이 어슬렁어슬렁 기어 나온다. 저 징징이 녀석, 또 징징거리지 말아야 하는데……. 어슬렁어슬렁 밥그릇 쪽으로 갔다가, 화장실에 들어가 모래를 박박 긁는다. 엇, 내 쪽으로 온다. 나를 말끔히 바라본다. 잠깐 외면했다가 고개를 돌리니 낡은 식탁보를 접어서 깔아 놓은 야옹이 원목 침대에 웅크리고 있다. 뭔가 생각하는 표정으로 고개를 들고 있다. 코~자렴, 명랑아. 아래층에서 개 짖는 소리에 귀 기울이더니 제 침대에서 내려와 침대방으로 가는 명랑이. 엇, 다시 나왔다. 아래층에 누군가 찾아와 그 집 사람을 부르는 소리가 들린다. 뒤숭숭한 표정으로 문쪽을 힐끔거리던 명랑이, 다시 침대방으로 들어간다. 그동안 란아는 캣타워 선반에서, 보꼬는 상자 속에서 미동도 않는다. 오후 1시.

네 전화 무서워

일러스트레이터이자 에세이스트이자 만화가인 전지영은 내 고양이친구다. 세속적 욕망도 없지 않은 멋쟁이면서 때로 터무니없는 이상주의자이며 저돌적이고 뚱딴지같은 데가 있는 그녀는 동물보호단체 KARA에서 발행하는 무크지 《숨》 편집부 일을 하고 있다. 강아지띠(개띠인 내 동갑 친구들은 우리보다 어린 개띠를 강아지띠라 일컫는다)인데 나보다 판단력이나 실행력이 뛰어나서 종종 그녀한테 결정적 도움을 받고 있다. 내가 고양이에 대한 상식이 전혀 없을 때 우리 명랑이를 여덟 달 가까이 맡아주기도 했다. 우리 토실이 명랑이를 보고 있노라면 문득문득 전지영한테 고마움이 사무친다. 그녀가 KARA 실무를 보던 지난 가을에도 새끼고양이 하나를 받아줬다. 열한 살 먹은 첫째 고양이 '세쯔'를 잃은 지 몇 달

지나지 않은 등 그녀가 여러 가지로 힘든 일이 많을 때였는데……

누군가 이사 가면서 버린 흰색 페르시안 고양이가 1년 가까이 우리 동네를 떠돌아다녔다. 페르시안처럼 털이 긴 고양이는 방치되면 털이 엉겨 펠트처럼 단단해져서 피부가 찢기고 그 안에 갇힌 뼈까지 상할 수 있기 때문에 마음이 더 무겁다. 쟤를 어떻게 해줘야 하는데 하는 마음뿐이지 그냥 밥이나 주고 있었다. 그 녀석이 좀처럼 곁을 주지 않는 걸 핑계로 마음을 다독거리며. 처음 봤을 때는 밥 먹을 때 살짝 머리를 쓰다듬을 수 있었는데 점점 야성이 강해져 근접을 못하게 했던 것이다. 그래도 어쩌다 새벽에 귀가하는 길에 걔가 밥 먹는 자리에 들러보면 번번이 그 자리를 지키고 있는 게 어쩐지 나를 기다렸던 듯했다. 내 앞에서 발라당 눕기도 하고……. 어느 날 걔 배가 불룩해져서 참 심란했다.

겨울이 지나고 봄이 무르익은 어느 날 한 동네에 사는 문정 씨를 길에서 만났다. 고양이 두 마리를 키우는 문정 씨 자매는 그 얼마 전 그 집 근처에 밥을 놓으면서야 알게 됐다. 거기 산 지 10년이나 됐다는데.

"그 페르시안이요, 이제 우리 집에서 살아요."

"정말? 정말? 정말?"

"네. '통통'이가 데리고 왔어요. 통통이 마누란가 봐요. 새끼도 두 마리 데리고요."

"와!"

통통이 역시 버려진 브리티시 캣이다. 처음 봤을 때는 눈이 번쩍하게 귀티가 줄줄 흘렀는데 점점 꼴이 말이 아니게 된 애꿎덩어리 수고양이. 개 때문에도 많이 속상했었는데 문정 씨네를 제집 드나들 듯한다는 얘기를 듣고 편해졌다. 문정 씨 자매는 개를 뚱뚱이라고 불렀었는데 나를 따라 통통이라 부르게 됐다. 허구한 날 다른 수고양이랑 싸워서 툭하면 중상을 입고 그 통통하던 애가 마르기까지 했었지. 어느 날은 심각할 정도로 눈을 다쳐서 이틀을 안약만 넣어주다가 차도가 없어서 병원에 데려가려고 이동장을 갖고 다녔는데 통 만날 수가 없었다. 걱정걱정하던 차에 멀쩡히 나은 통통이를 다시 보게 돼서 얼마나 기뻤는지. 알고 보니 문정 씨가 병원에 데리고 다녔던 것이다. 당장 문정 씨 집으로 쫓아가 봤다.

"우리가 키우려고 해요. 애가 얼마나 순한지 몰라요. 이름은 '릴리'라고 지었어요."

혹시 딴 애 아니야? 걔가 순하다니! 그 집 마당에 들어서니 봄볕을 받으며 고양이 네 마리가 뒹굴거리다가 새끼고양이 한 마리는 쏜살같이 도망가고, 통통이는 능청스럽게 애교스런 울음소리를 내며 다가오고, 릴리와 새끼고양이 한 마리는 우리를 돌아봤다. 희한하게도 릴리는 나를 피하지 않고 쓰다듬어주는데도 가만히 있었다. 사람 손을 그리워하던 애였는데 매정하게 밥으로 입을 닦으려는 나한테는 마음을 열지 않다가 진심으로 받아들이고 집과 밥을 제공하는 문정 씨 자매한테 선뜻 마음을 연 것이다. 이런 애를 어떻게 버렸을까!

털이 엉긴 곳을 대충 가위로 잘라주고 목욕도 시켰다는 릴리는 어여쁘기 그지없었다. 새끼들은 통통이와 릴리를 반씩 닮아 하얗고 짧은 털옷을 입고 있었다.

"얼굴은 쟤가 더 예쁜데요, 사람은 얘가 더 잘 따라요."

릴리 옆에 남아 있는 새끼고양이를 가리키며 문정 씨가 말했다. 우리는 고양이들 옆에 쪼그려 앉아 새끼고양이 입양 보낼 의논을 했다. 사람 잘 따르는 그 새끼고양이가 바로 전지영한테 간 고양이다. 처음에는 좋은 입양처가 나올 때까지 전지영이 임시로 맡기로 했다.

"지금은 내가 형편이 안 되기도 하고요, 하나 들인다면 처지가 아주 딱한 애로 들이려고요. 이렇게 하얗고 예쁜 애는 원하는 사람이 많으니까 좋은 집 찾아줄 수 있어요."

"그건 역차별이야. 애도 지영이처럼 좋은 사람 만날 권리가 있잖아."

내 항의에 전지영은 싱긋 웃었다. 며칠 뒤 전지영이 새끼 고양이를 임시로 '밋쯔'라 부른다는 말을 듣고 쾌재를 불렀다. 그 집 첫째가 세쯔, 둘째가 '양쯔'인데 임시라지만 같은 항렬 이름을 붙인 건 마음이 기울어졌다는 증거니까. 아니나 달라, 밋쯔는 전지영 고양이가 됐다. 얼마 전에 중성화도 마쳤다고 한다.

밋쯔와 함께 전지영 집에 간 날 전지영이 내게 내 주위에서도 밋쯔 입양처를 알아보라고 했다.

"내 주위에는 이제 고양이 보낼 데 없어. 보낼 만한 데는 다 보냈어. 몇 년 동안 연락 없이 지내던 사람들한테도 다 보냈어. 처음에는 오랜만에 전화라고 반가워했는데, 이젠 내가

전화하면 무서워해. 고양이 입양 보내려면 이제 새로 사람
사귀어야 해.”

내 풀죽은 말에 전지영은 씩씩한 목소리로 가차 없이 명
령했다.

“선배! 그렇게 하세요! 새로 사귀세요!”

멜랑콜리 명랑

주룩주룩 비 오는 오후다. 우리 예쁜이들은 예제서 자고 있고 들리는 건 하염없는 빗소리뿐. 비가 오면 명랑이를 애틋한 마음으로 한 번 더 보게 된다. 이제 우리 명랑이가 빗소리를 예사로 듣게 돼서 다행이다. 재작년까지만 해도 명랑이는 비가 오면, 특히 바람까지 거세면 안절부절못하고 밖에 나가겠다고 울어댔었다.

"명랑아, 비 와! 안 돼!"

간식도 마따다비도 다 소용없었다. 애절한 울음소리에 견디다 못해 옥상 문을 열어주면 명랑이는 비바람 속으로 쏜살같이 튀어나가 아래층 차양으로 뛰어내려갔다. 그 차양 귀퉁이에 옥상 바닥으로 하늘이 가려지는 사과 궤짝만 한 공간이 있는데 거기 가 있는 것이다. 들이치는 비를 맞으며 청승맞게.

란아의 친동생 명랑이는 내가 먼저 살던 집 옥상에서 태어났다. 란아는 7개월령쯤 되고 명랑이 한배 형제들이 채 젖을 떼기 전에 애들 엄마가 란아 등과 함께 동물구조협회에 잡혀 갔다. 새로 집주인이 된 이가 덫으로 잡아 보낸 것이다. 새끼고양이들은 집주인 몰래 내가 주는 오죽한 사료를 먹으며 자기들끼리 옥상에 있는 빈 물탱크와 기왓장 아래서 살았었다. 3주 정도 그렇게 지냈는데 공교롭게도 내내 비가 왔다. 밤마다 빈 물탱크에 부딪치는 빗소리를 들으며 마음이 지옥이었다. 치즈태비 두 마리와 갈색 고등어태비 두 마리. 새끼고양이들은 아주 예뻤다. 특히 고등어태비 한 마리는 향기로울 정도로 예뻤다. 그 집에 있는 한 머지않은 장래에 위험이 닥칠 게 뻔했기 때문에 무슨 수를 내야 했다. 사정을 안 소설가 신경숙이 자기가 밥은 먹일 테니 새끼고양이들을 자기 집 뜰에 데려다놓으라고 했다. 그 동네는 뜰이 넓은 집들이 많아서 동네사람들이 고양이에게 적대적이지 않다고 했다. 그런데 날쌘돌이 같은 새끼고양이들을 잡을 길이 묘연했다. 그래서 집주인에게 이실직고하고 도움을 청했다.

"고양이 잘 잡으시잖아요."

나도 모르게 뾰족한 말이 나왔으나 집주인은 허허 웃으며 기쁘게 응낙했다. 과연, 하룻밤에 네 아이를 다 커다란 종이 박스에 포획해놓았다. 능력자다! 옥상 테이블에서 맥주를 마시면서 배고픈 아이들을 먹이로 잘 유인한 모양이었다. 네 아이 다 신경숙 집에 데려갈 예정이었지만, 치즈태비 하나가 눈도 뜨지 못하고 꾀죄죄한 게 도저히 그냥 보낼 수 없어서 떼어놨다. 그 아이는 내가 처음 볼 때부터 눈이 감겨 있었는데 밥도 제일 열심히 먹었고, 란아와 상면시키느라 새끼 고양이들을 하루에 한 번 방에 들어오게 했을 때도 캣플레이 스크래처라는 장난감을 독차지하며 놀아서 인상적이었다. 다른 애들도 그 심하게 아픈 듯한 애한테 밥이나 장난감이나 다 양보해서 뭉클했던 기억이 난다. 눈이 감긴 채 옹골찬 데가 있는 그 애는 유독 란아를 밝혔는데 동생들한테 강한 모성애를 보였던 란아가 이상하게 그 애만 피했었다. 그 애가 바로 명랑이다. 내가 보다 넓은 집으로 이사할 때까지 명랑이를 맡아주기로 한 전지영과 함께 명랑이를 데리고 병원에 갔을 때 병원에서 고양이 이름을 묻기에 그 자리에서 지은 이름이 명랑이다. 명랑하게 살라고 그리 지었다. 장애가 있는 줄 알았던 명랑이 눈은 눈약을 사흘 넣자 반짝 떠졌다. 엄마가 있었으면 진작 핥아줘서 나았을 것이었다. 간단한 처치로 치유될 병인데도 잘못되는 경우가 길고양이들에게 많다. 여기서는 집집마다 서랍 속에 뒹굴면서 유통기한을 넘기는 해열진통제나 소염제 등이 최빈국에서 얼마나 소중히 쓰일지 절감된다.

내 근방에 얼씬도 않던 새끼고양이들이 동물구조협회에서 란아를 찾아오자 칭얼칭얼 울면서 내 방 창문의 방충망에 매달려 있던 광경이 떠오른다. 엄마와 함께 자기들을 돌봤던 큰언니가 방 안에 있는 걸 알아챈 것이다. 란아를 철장에 가둔 채 현관문을 열어두고 자리를 피해 있으면 새끼고양이들이 조르르 들어왔다. 철창을 사이에 두고 란아와 새끼고양이들이 비통하게 울었었지. 철창에 매달린 새끼고양이들 머리통을 핥아주던 란아…….

젖도 채 떼기 전에 엄마를 잃고 자기들끼리 비바람 속에서 살다가 졸지에 혼자 떨어진 게 명랑이한테 트라우마가 된 것 같다. 명랑이는 종종 우리 집 변기 뒤에 달린 물받이 통에 올라가 창밖을 내다보는데, 그쪽이 제 형제가 보내진 평창동

방향인 게 우연은 아닌 것 같다. 비바람만 불면 명랑이는 밖에서, 나는 안에서 처연했다. 고요히 비만 오면 괜찮지만 바람까지 불면 아직도 명랑이는 들썽거린다. 고양이는 기억력이 약하고 냉정한 동물이라는 건 틀린 속설이다. 머리 좋고 예민하고 다정다감한 우리 명랑이…….

신경숙네 보낸 고양이들은 이내 다른 데로 옮겨갔는지 보이지 않는다고 했다. 뜰에 천연 샘도 있어서 물 걱정 없고 밥 걱정 없는데 다른 더 좋은 장소를 찾은 건지. 몇 달 뒤 그 동네의 '몽블랑'이라는 레스토랑 뜰에서 노는 걸 봤다는데……. 그 애들을 닮은 새끼고양이가 지금도 종종 눈에 띈다니 잘 지내고 있을 것을 기도한다.

새끼를 밴 고양이나 젖이 분 고양이를 잡아가는 건 사람으로서 못할 잔인한 일이다. 란아와 명랑이 엄마는 새끼들 걱정으로 창자가 다 녹았을 것이다. 생각하면 가슴이 저미는 듯하다. 고양이를 찾으러 남양주 동물구조협회에 갔을 때, 우리 집 주소와 고양이 생김새로 내가 알아보고 찾아올 수 있었던 건 란아뿐이었다. 아, 란아 엄마를 알아보고 찾아왔더라도 그때 내가 뭘 할 수 있었을까? 중성화 수술을 한 뒤

풀어놓을 수밖에 없는데, 그 집 주인은 란아 엄마를 다시 잡아 이번에는 또 다른 지옥, 모란시장 같은 데 보냈을지도 모른다.

비둘기

옥탑방인 우리 집 지붕 밑에 비둘기들이 산다. 사방 가린 데 없어서 바람이 심하게 들이칠 텐데 더 좋은 보금자리를 찾을 수 없나 보다. 비둘기도 고양이처럼 우다다를 한다. 몇 마리나 되는지 모르겠지만 오전마다 비둘기들이 우다다 지붕 위를 뛰어다니는 소리가 들린다. 그럴 때면 우리 고양이들도 나도 귀를 쫑긋 세우고 눈은 우다다 소리를 쫓아다닌다. 천장에 물 샌 자국이 점점 넓어지는데 걔들이 어디서 비닐조각이라도 물어다 정비 좀 하고 살아주면 고맙겠다. 비둘기랑 고양이는 소리 내는 구조가 닮았나 보다. 꾸르르르륵 울음소리가 영락없이 고양이 소리다.

작년에는 비둘기 때문에 이웃 사람들한테 항의를 많이 받았다. 내 잘못이다. 집 앞에 비둘기밥을 줘서 스무 마리 가까이 비둘기가 진을 쳤던 것이다. 처음에는 고양이 사료를 쪼아 먹는 비둘기 한 마리한테 밥을 줬는데 개가 저만 먹을 것이지 동네방네 소문을 냈는지 점점 늘어난 것이다. 비둘기는 밥만 먹고 가지 않고 분변을 너저분히 흘려 흔적을 남긴다. 그래서 개들이 아무리 애처롭게 울어도 집 앞에서는 절대 밥을 주지 않고 쓰레기 수거하는 데로 이끌고 가 밥을 주는 버릇을 들여 해결했다. 차와 사람이 많이 지나다니는 거기보다는 옛 정일학원 앞이 호젓해서 요즘은 그리로 장소를 옮겼다. 그래도 아직 집 앞에서 나를 반기는 비둘기가 있는데 아마 우리 지붕에 사는 애 중 하나일 것이다. 어쩌면 다른 비둘기들 기세에 눌려 그 자리에는 잘 끼지 못하는 비둘기인지도 모르겠다. 참 힘들지만 애써 외면한다. 가끔 누군가 비둘기나 고양이 먹으랍시고 음식물 쓰레기를 우리 건물 앞 담벼락에 던져놓는데, 질척거리고 지저분해 보이는 그 음식물 치우기는 과외의 고약한 일이다. 뉘신지, 왜 날 이렇게 힘들게 하시나요?

동네고양이 밥 놓기에 훼방꾼은 사람만이 아니다. 비둘기도 훼방꾼, 개미도 훼방꾼. 겨울이 지나니 슬슬 고양이 밥그

룻에 개미들이 꼬이겠지. 낮이 길어지는 만큼 비둘기들 눈을 피해야 할 시간도 길어지겠지. 비둘기들은 고양이 사료를 잘 먹는다. 하루 세 공기 주는데, 사료 포장에 적힌 정량으로 치면 고양이 열 마리 몫이다. 뭐 딱히 아까워서라기보다, 비둘기밥 준다고 눈 흘길 사람들을 의식해서 짐짓 들으라고 투덜거린다.

"야, 너네 빨리 자력갱생해!"

코티지 치즈

명랑이는 간식캔 한 숟가락이라도 얹어주지 않으면 밥을 못 먹는 녀석인데 간식캔이 뚝 떨어진 적이 있다. 징징징 징징, 징징징, 명랑이! 아주 사람을 달달 볶았다. 동네 사료 가게에 갔다. 그런데 인터넷 몰과 벼룩시장 시세에 익숙해진 나한테는 너무 비싼 가격이어서 선뜻 사지지가 않았다. 그래서 아스쿠캔을 딸랑 한 개 사서 먹였다. 단골 사이트에 주문한 건 이틀 뒤에나 배달될 텐데.

명랑이가 또 징징거려서 우유 1리터를 사왔다. 궁여지책으로, 언젠가 고양이친구 빨강포도가 가르쳐준 코티지 치즈를 만들어줘야겠단 생각이 들어서다. 코티지 치즈는 고양이들이 아주 잘 먹는 거라고 했다.

기억을 더듬어 냄비에 우유를 붓고, 끓기 시작하자 식초를 빙 둘러 붓고 숟가락으로 저었다. 아주 쉽게 몽글몽글 치즈 모양이 났다. 체에 걸러서 식힌 뒤 대령했다. 명랑이는 코밑에 그릇을 대주자 팩! 외면하고 가버렸다. 보꼬도 란아도 시큰둥. 그래서 유청이라고 한다던가, 치즈 거를 때 내려진 물, 칼슘이 그렇게 많더던데, 그거라도 마시라고 따로 담아 줬더니 역시 퇴짜.

아까워서 내가 마셔버렸다. 욱! 식초 맛이 나는 게 애들이 안 당길 만도 했다. 그래도 칼슘이 득시글거린다니…….

깡통 조심!

고양이들한테 절대 깡통째 간식캔을 주면 안 된다. 나, 어젯밤에 피 봤다. 150그램 용량 깡통이 바깥 아이들 일회용 물그릇으로 탐스럽기에 물에 헹구다가 순식간 오른 손바닥 검지 둘째 마디를 스윽 베였다. 고양이들의 보드라운 혀가 아니길 망정이지! 으…… 피가 콸콸콸은 아니고, 퐁퐁퐁 솟더군. 끝없이, 마데카솔 연고가 묽어지도록.

내가 놔둔 고양이 밥그릇 근처에 누군가 따서 놓아둔 간식캔이 눈에 띌 때가 있다. 그럴 때면 반갑고 고마워서 뭉클해지는데, 그이에게 당부하고 싶다. 간식캔은 꼭 덜어주세요. 깡통째 놓으면 아이들이 입을 다치기 쉬워요.

어떤 고양이인가가 맛있게 먹다가 혀가 안 닿아 남긴 내용물을 고양이 숟가락으로 싹싹 훑어 밥그릇에 털어 담고 깡통은 가져온다.

꽁치 통조림 깡통 속에 얼굴이 끼인 채 달아나는 길고양이 사진을 본 적 있다. 버려진 꽁치 깡통을 정신없이 훑어먹다가 그만 얼굴이 다 들어가버린 것이다. 그 사진을 올린 이가 깡통을 빼주려고 접근했으나 겁을 먹고 달아나 버렸다고. 앞도 안 보였을 텐데. 그 고양이 어떻게 됐을까……. 그 사진을 본 뒤로 길에서 길쭉한 생선 깡통을 보면 꼭 발로 밟아 찌그러뜨려 놓는다.

다이어트 고고

긴 탁묘를 끝내고 명랑이를 데리러 갔을 때, 경악했다. 몇 달 만에 본 명랑이가 너무너무 뚱뚱했던 것이다. 제 고양이 아니라고 저렇게 살을 찌우다니! 생각해보니 고양이 살찌우는 건 전지영의 취향이라고나 할까. 천성이다. 그 집 맏고양이 세 쯔도 퍽 뚱뚱한 고양이였으니까.

하지만 명랑이의 뚱뚱한 몸매에 대한 성토는 몇 달 내에 면목이 없어졌다. 우리 보꼬가 그를 능가하게 뚱뚱해져버린 것이다. 한 살 때까지만 해도 보꼬는 아주 마른 고양이였다. 체중이 모자라서 중성화 수술이 걱정될 정도로. 그런데 중성화를 한 뒤 무섭게 살이 찌기 시작했다. 그런 보꼬 때문에 다이어트 사료에 관심을 갖게 됐다.

발란스, 라이트, 웨이트 등이 붙은 건 다이어트 사료다.

숱한 다이어트 사료를 전전하다가 언젠가부터 '오리지널'이나 '내추럴' 정도가 붙은 일반 사료로 정했다. 다이어트 사료는 셋 다 어째 잘 먹지 않기 때문이다. 로얄캐닌 휘트 하나는 잘 먹었는데, 알고 보니 그건 일반 사료였다. 그러면 그렇지. 어쩐지……. '휘트'는 '휘트니스'의 약자, 휘트니스라면 다이어트, 라고 내가 멋대로 오해한 것이다. 그 와중에 '사이언스 다이어트'란 상표의 사료를 다이어트 사료로 오해하고 먹인 적도 있다.

　프리미엄 엣지 헬시 웨이트가 그렇게나 기호성도 좋고 괜찮더라는 말을 듣고 그걸 제공한 때 생각이 난다. 그런 경우는 또 처음이었다. 사료 낱알들이 밥그릇 주위에 마구마구 흐트러져 있었던 것이다. 조금 섞어놓은 로얄캐닌 휘트를 골라 먹느라 열심히 파헤친 흔적일라나. 애들이 잘 먹는 걸 두고 '놀라운 흡입력'이라고 하는데, 흡입은커녕 마구 뿜어댄 꼴이었다. 어째 번번이 사료가 내가 둔 것보다 더 많아진 것처럼 보였었다. 대포장 샀는데 이번엔 끝을 보리라. 야옹이들아, 세상에 사료가 이것밖에 없으려니 하고 먹으렴. 나도 그렇게 알고 있으마! 바닥날 때까지 다른 사료는 안 주리라 결심했었는데 아마 지키지 못했을 것이다.

작년 여름에 보꼬랑 명랑이랑 앞서거니 뒤서거니 병원 신세를 졌었다. 보꼬는 너무 토해서 병원에 데려갔다. 로마 귀족처럼 먹고 토하는 게 개 취미인지라 토하는 것쯤 예사로 여겼는데 그때는 심상치 않았다. 끈적끈적 위액 같은 걸 토했던 것이다. 병명은 위염이었다. 태산 같은 내 걱정은 아랑곳없이 의사는 보꼬 비만 걱정만 했다. 진료를 마친 뒤 하루 종일 못 먹었는데 무슨 수액이라도 맞춰줘야 하지 않겠느냐고 내가 걱정하자 의사선생님은 힝, 소리를 내며 웃었다.

"아, 저렇게 뚱뚱한데 수액은 무슨 수액이에요. 걱정 마세요. 쟤 진짜 살 빼야 돼요. 나중에 큰 고생해요."

제 몸이 뚱뚱해도 키우는 고양이가 뚱뚱해도 멸시와 비난의 눈초리를 감수해야 하는 이 더러운(?) 세상! 나무라는 의사의 눈빛에 무안해져서 나는 7.2킬로그램이나 나가는 떡판 보꼬를 싸들고 얼른 나왔다. 6킬로그램이 좀 넘었을 때도 그 의사한테 비만 통고와 주의를 받았건만 더 찐 것이다. 보꼬야, 어떡할 거야, 응? 너나 나나 큰일 났다.

매일 정해진 분량만 밥을 주는 제한 급식을 하면 좀 나을

텐데, 종일 한두 입씩 깨작거리며 먹는 란아 때문에 그릇을
비워놓을 수가 없다.

봉변

    소설가 조선희의 고양이가 당한 일이다. 그 집에는 고양이 세 마리가 있다. 어느 날 그녀가 퇴근하고 와보니 야옹이 한 마리가 안 보이더란다. 어느 구석에 있겠거니 하고 잊었는데 다음 날 아침에도 안 보이더라고 했다. 바삐 출근했다가 밤늦게 돌아와서 그제야 야옹이가 가출한 것을 깨닫고 정신없이 찾아다니고 아파트 경비실에도 연락하고, 소동 끝에 이틀 만에 한 TNR_{Trap-Neuter-Return. 길고양이를 포획하여 중성화 수술을 한 뒤 방사하는 정책} 병원에 있는 걸 알게 돼 데려왔다고 한다. 사연인즉, 이틀 전 아침에 살짝 집을 빠져나간 애가 두 층 아래에 내려가 울부짖는 걸 그 층 주민이 경비실에 알렸는데, 경비실에서 동물구조협회인지 구청에 신고했단다. 거기서 즉시 사람을 보내 포획해갔다고. 남양주에 있는 동물구조협회가 아니라 그 구에 있는 병원으로 보내졌던 건 다행인데, 경비실에서는 왜 고양이 잃어버린 주민을 찾을 생각도 안 했던 것일까?

그런데 애를 찾으러 병원에 가봤더니 애가 막 중성화 수술을 마치고 마취 상태였단다. 걔는 다섯 살 난 수고양이인데. 중성화는 진작 됐고. 수술 흔적이 안 보이니까 여아인 줄 알고 개복을 했던 건가? 의사선생님 왈, 어쩐지 난소를 찾을 수 없더라나.

그 고양이는 세 해 전에도 헤어볼에 장이 막혀서 배를 한 번 갈랐던 애다. 아이고, 그놈 팔자야. 중성화 수술을 두 번이나 당하다니. 한 번은 수고양이로, 한 번은 암고양이로. 되찾은 건 천만다행이지만, 이틀 새에 개복 수술을 당하고 비틀비틀 어기적거리며 다니는 고양이를 보는 심정이 어땠을까? 그 고양이, 다시는 현관문을 나가지 않겠지.

분실과 상실

헬스장에서 엘리베이터를 기다리는데 옆 벽에 뭐가 붙어 있었다. '어제 21~22시 사이에 3층 요가실 신발장에 놓아둔 검정 롱부츠가 영문 모르게 없어졌다'고…… 영문 모르게 없어지다……!! 참 아깝고 속상하겠다. 하지만 영문 모르게 없어지는 게 롱부츠뿐이라면 살 만한 인생. 그렇게 생각하세요.

한순간 사랑과 보호를 잃고 길거리를 헤매는 개와 고양이들. 걔들 고통에 댈 게 아니지만, 걔들을 마주치는 고통도 이루 말할 수 없다. 키우던 동물을 정 계속 돌볼 수 없다면 반드시 다른 보호처를 찾아줘야 한다. 당신과 떨어지는 것만도 고통일 동물에게 아무리 힘들더라도 마지막 선물로 그렇게 해줘야 한다. 그게 당신이 앞으로의 긴 여생을 마음 편하고 떳떳하게 헤쳐나갈 작은 한 걸음이다.

"자기 친자식 버리는 사람도 있는데요, 뭐."

글쎄, 그렇긴 하지만⋯⋯ 사람 자식을 버리는 것보다 반려동물을 버리는 게 더 혹독한 짓 아닐까? 사람은 행복해도 불우해도 자기의 삶을 산다. 지구가 인간의 세상이니까. 하지만 사람 외 동물에게 집을 떠난 세계는 말 그대로 '외계'다. 스무 배쯤 크고 힘이 센 데다 성정은 포악한 외계인이 사는 별에 맨몸으로 혼자 떨어지는 셈이다. 어쨌든 키우던 동물 버리는 사람들! 당신들이 제 할 일을 미뤄 다른 사람들에게 얼마나 큰 피해를 주는지 명심하시오! 사람이건 동물이건, 운명이 오직 제 손 끝에 달린 작은 생명을 저버릴 수 있는 사람은 무슨 일에 있어서도 믿을 수 없는 인간이다. 그저 억하심정으로 하는 말이 아니다. 같이 일할 사람이나 부릴 사람을 찾는 위치에 있다면, 당신이 동물을 좋아하지 않는 사람이더라도 참고하시라.

길고양이에게 밥을 주는 사람이 마음 약하면 난처한 지경에 빠지기 쉽다. 버려지고 사람을 잘 따르는 애들을 하나둘 집에 들이다 보면 감당할 수 없을 만큼 많아지는데, 힘에 부치니 제대로 먹이지도 돌보지도 못하기 십상이다. 고양이들도 불행, 사람도 불행이다. 그러니 나처럼 '아, 난 몰라! 난 밥이나 줄 테야!' 하고 눈 딱 감는 게 수라고 생각하는데 아, 모르겠다.

자기가 큰 병에 걸려서 키우던 고양이 둘을 포기해야 했던 사람 얘기를 들었다. 두 살 넘은 코숏들이었다. 입양 보낼 데를 찾을 길 없던 그녀는 멀쩡한 두 고양이를 안락사시켰다. 무참한 일이다. 그녀나 그녀의 고양이들을 그렇게 몰아갈 정도로 가혹한 게 우리나라 실정이다. 모쪼록 건강해야지. 운동도 열심히 하고. 야, 란아랑 보꼬랑 명랑아! 너희도 건강해야 해! 나, 돈 없어. 큰 병 걸리면 우리 큰일 나. 우리 모두 건강하자!

그나저나 요가실 신발장에서 남의 롱부츠를 가져간 사람은 왜 대신 자기가 신던 신발을 두고 가지 않았을까?

1. 롱부츠로 갈아 신다가 들킬까 봐(롱부츠 신는 데 시간 많이 걸리지)
2. 자기 신발도 만만찮게 좋은 거라서
3. 발 치수가 달라서(마침 치수도 맞고, 가난한 이웃이 있어

서 가져간다)

그 검은 롱부츠, 지금은 누구 발을 감싸고 영문 모를 길을
걷고 있을까.

딸랑 딸랑 딸~랑

두어 해 전 늦가을, 고양이카페에 급히 글을 올린 적이 있다.

애가 집 나간 분??? 용산구 해방촌 옛 정일학원 근처예요. 아까 7시 30분쯤, 트럭 밑에 밥을 놓고 있는데 웬 애가 조르르 달려왔어요. 처음엔 강쥐인 줄 알고 "너 먹으면 안 돼!" 소리쳤는데, 냐옹이네요. 정신없이 와그작와그작 먹던데요. 목에선 딸랑딸랑 방울이 울리고요. 쓰다듬으려 했는데 머리를 살짝 움츠려서 관뒀어요. 얘를 찾는 글이 안 보이네요. 이 동네 야옹이가 아닌 걸까요? 애들 찻길 건너서 오지는 않죠? 약속 시간이 촉박해서 그냥 두고 왔는데, 마음이 무겁네요. 주위에 야옹이 잃어버린 집 없는지 살펴봐 주세요. 목에 방울목걸이를 한 고양이예요. 통통하고, 주둥이만 하얀 까망이.

처음에 그 고양이는 오동통했고, 순진무구한 눈빛이었다.

우리가 만났던 자리에서 두 달쯤 봤었지. 목걸이를 살펴보니 방울 밑에 작은 메달이 있었다. 연락처가 적혀 있길 간절히 바라며 앞뒤로 뒤집어봤지만, 새겨진 건 'my cat'이라는 글자가 다였다. 마이캣…….

낡은 그 목걸이는 한 살이 채 안 돼 보이는 고양이의 목을 바짝 조이고 있었다. 버려진 지 오래됐나 싶기도 했지만 그렇다기에는 털이 깨끗했고, 무엇보다도 애가 태평한 얼굴로 사람을 무서워하지 않았다. 스무 날쯤 뒤엔가 윗동네 캣맘 대박이엄마가 그 목걸이를 풀어줬다고 했다. 목을 너무 조이는 것 같다면서. 맞는 말이었지만 방울이를 키우던 사람과 방울이를 잇는 유일한 물건인 목걸이를 제거한 게 바람직한 일인가, 하나뿐인 개 소유물을 없앨 권리가 우리한테 있나, 방울 소리를 잃고 개가 더 외로워하지 않을까, 영 쓸쓸하고 개운치 않았다. 도둑괭이라면 질색하지만 누가 키우는 고양이는 눈감아주는 사람들에게 목걸이는 방울이의 신변을 조금은 더 보호해주는 신분증 같은 거일 수도 있는데…….

"어디 버리셨어요?"

"폐가 앞이요."

대박이엄마와 내가 '방울'이라고 부르던 그 고양이가 처음 내 눈에 띄고, 그 이후 근처를 떠나지 않던 데는 사람이 살지 않아 허물어져 가는 오두막집이 있는 동네 한복판이었다. 그 오두막 폐가 앞 공터에는 잡풀이 덤불을 이루고 있었다. 썩어가는 판자때기와 빈 과자봉지, 담뱃갑 같은 게 버려진 공터의 마른 덤불 사이에서 목걸이를 찾아 들었지만 망설이다가 결국 도로 버렸다. 그 가죽끈이 방울이 목에 걸려 있을 때보다 더 볼품없이 낡고 너무 작아 보였기 때문에.

하루하루 방울이는 초췌해지고 무엇보다도 눈빛에서 친근감으로 반짝이는 초롱거림이 사라졌다. 나한테 더 이상 아무 기대도 신뢰도 않는 것 같은 쓸쓸하고 차가워진 그 눈빛을 생각하면, 그렇게 되기까지 방울이의 처지와 심경을 생각하면, 가슴이 슥 베이는 듯하고 눈시울이 뜨거워진다. 두 달 뒤인가 강추위가 몰아친 어느 날 밤, 그날 낮에는 대박이엄마가 방울이한테 만들어준 스티로폼 집을 한 동네여자가 치워버렸지, 어딘가 아파 보이기까지 하던 방울이를 그대로 둘 수 없어 데려오자고 결심했다. 그 길로 당장 나가 봤어야 했을 것을, 그다음 날 찾아가보니 방울이가 안 보였

181

다. 오죽한 잠자리조차 졸지에 잃고……. 아마 그 밤에 어디선가 얼어 죽었을 것이다. 다시는 보지 못할 방울이. 나도 저버린 방울이……. 목걸이를 도로 매줄걸. 책임져주지도 않을 거면서 목걸이까지 빼앗았구나.

트럭 밑에 밥을 놓자마자 내가 저를 부르기라도 한 듯 방실방실 웃는 얼굴로 딸랑딸랑 방울 소리를 울리며 쪼르르 달려오던 방울이 모습이 눈에 선하다. 방울이를 버린 사람은 그 모습을 수없이 봤겠지. 그랬으면서 겨울을 코앞에 두고 내버렸다. 그는 어디서 방울 소리가 들리면 미세하게라도 가슴이 아플 것이다. '방울'이라는 말만 들어도, 글자만 봐도 그럴 것이다, 평생. 나도 그렇다!

자장 자장 잠자는
우리 아기 꿈방에
귀여운 방울 소리
딸랑 딸랑 딸~랑

고양이가 고양이가

아기 방울 몰~래 물고

문턱을 넘어가다

딸랑 딸랑 딸~랑

_ 김영일의 동요 「아기 방울」

불출산

고양이친구들을 집에 초대했다. 저마다 자기 고양이 자랑에 정신이 없다. 평소 과묵한 번역가 권경희도 고양이 얘기만 나오면 수다스러워진다. 그 집 고양이 네 마리는 세상에서 제일 똑똑한 고양이, 세상에서 제일 예쁜 고양이, 세상에서 제일 웃기는 고양이, 세상에서 제일 착한 고양이가 된다. 뭐 아무도 귀담아 듣지 않는다. 고양이친구들이 남의 고양이 얘기를 경청하는 건 아픈 고양이 경우뿐이다. 뭐 그때도 어느샌가 자기 고양이 아팠을 때 얘기로 빠지지만. 아픈 것도 자랑, 멍청한 것도 자랑. 자랑, 자랑, 자랑.

고양이 자랑을 우리끼리는 '불출산(어원은 팔불출)에 오른다'고 말한다. 저마다 불출산에 등정해 제 고양이 예쁘다고 '야호!' 소리를 지를 때, 아무 소리 않고 듣던 소설가 김숨이 특유의 나직하고 순정한 목소리로 짐짓 풀 죽은 척 한마디 했다.

"우리 '장자'만 인물이 빠지나 봐요."

킬킬 웃었지만 살짝 미안하고 새삼 김숨 부부에게 고맙다. 장자는 덩치 커다랗고, 내가 보기에도 얼굴이 좀 빠지는 검정 얼룩 젖소 고양이다. 한파 몰아칠 때 우리 동네에 나타난 애를 김숨네서 받아줬다. 김숨 부부로서는 생애 첫 고양이인데 예쁜 새끼고양이였으면 더 좋았을 것이다. 어쨌든 다 장자의 복이다. 김숨네에는 조막만 한 요크셔테리어 한 쌍, '포그'와 '포아('포그의 아내'라는 뜻이란다)'가 있다. 포그와 포아가 장자를 무서워한다니 더 미안하다. 사람한테는 유순하기 짝이 없는 장자인데 자꾸 포그와 포아 따귀를 때린단다. 야, 인마, 굴러온 돌이 그러면 못쓰지! 그래도 고양이와 개가 함께 사는 집에서 고양이 기가 센 게 낫다. 아내가 남편보다 목소리 큰 집이 그 반대 경우보다 화평한 거와 같은 이치다.

미스터리 트라이앵글

한국고양이보호협회 장터에서 나일론으로 된 캣터널 두 개를 주문했는데 한 개만 보내왔다. 그쪽 실수지만 따로 배송비를 쓸 것이 미안해 추가로 주문한 것이 플레이 텐트 '미스터리 트라이앵글'이다. 와, 이거 정말 '대박'이다! 애들이 너무너무 좋아한다. 다 큰 것들도 이리 잘 들어가서 노니 새끼고양이들은 얼마나 잘 놀까? 모과같이 울퉁불퉁하게 생긴 데다 공간도 좁은데 들락날락 데굴랑데굴랑, 그 안에서 자기도 한다. 요즘 란아가 가장 애용하는 잠자리다. 어떤 때는 란아가 자고 있는데 명랑이가 기어들어가 함께 그 안을 꽉 채운 채 자기도 하고, 명랑이가 먼저, 란아가 나중일 때도 있다. 보꼬만 소 닭 보듯 한다. 내가 이름을 잘못 지었나. 보꼬의 본명은 '복고'다. '복고양이'라는 뜻인데, 復古인 줄 아는

지 애가 영 개척정신이 없고 새로운 문물을 받아들이지 못한다.

"보꼬야, 너도 들어가봐."

보꼬를 안아서 미스터리 트라이앵글 한 구멍에 머리통을 넣으니 도로 나오려고 한다. 엉덩이를 억지로 밀어 넣자 곧장 맞은편 구멍으로 빠져나간다. 그 자리에 얼른 명랑이가 들어가 식빵 자세로 엎드려 있다. 망사 벽 너머로 내다보고 있는데 아무래도 고양이들은 망사 벽으로 자기나 내다보지 그 안은 밖에서 보이지 않는다고 생각하는 것 같다. 그래서 자기만의 안락한 공간이라고 여기나 보다. 명랑이 눈이 자물자물해진다. 고개가 꺾인다. 푹, 쓰러져 잠들었다. 보꼬는 방 바닥에 떨어진 내 분홍 파카 위에 엎드려 있다.

미스터리 트라이앵글이면 마의 삼각주? 고양이들을 유혹해 집어삼킨다는 뜻인가?

혼비백산

"캬아아아아아아아~오오오오오오옹~~!"

단말마 같은 소리에 기겁해서 쫓아가 보니 온 털이 곤두서 부푼 보꼬가 고양이 화장실 뚜껑 위에서 울부짖고 있다. 란아와 명랑이도 포메라이언처럼 털이 부푼 채 안절부절 보꼬를 올려다보고 있다. 보꼬가 어깨를 움츠린 쪽 앞발을 살피니 플라스틱 화장실 뚜껑이 갈라진 틈에 발톱이 꽉 박혀 있다.

"보꼬야! 보꼬야! 보꼬야!"

나도 떨리는 목소리로 보꼬를 어르며 조심조심 틈을 벌리고 발톱을 뺐다. 너무 아픈지 아니면 더 아플까 봐 겁에 질린 건지 보꼬가 내 손을 물었다. 그 와중에 살짝 물었다. 다행히 발톱이 금방 플라스틱 틈에서 빠졌다. 두어 걸음 절룩거리던 보꼬가 쌩하니 침대방으로 달려갔다. 란아와 명랑이가 뒤따라갔다. 사람 좀 작작 놀래켜라! 란아야, 명랑아, 너희도 보꼬한테 "고양이 좀 작작 놀래켜라!" 그러렴. 전에도 식탁 의자에 발톱이 끼어 혼비백산하게 만들더니. 그때는 발톱 하나가 완전히 나갔는데, "크와아아아아아아앙!" 단말마 소리와 더불어 오줌까지 질질 싸면서 침대방으로 도망왔었다. 길길이 뛰는 꼴이 저 혼자 다친 게 아니라 누가(의자가?) 해코지를 했다고 여기는 것 같았다.

명랑이는 금방 침대방을 나오고, 아줌마처럼 퍼질러 앉아 제 앞발을 핥는 보꼬 머리통을 란아가 핥아주고 있다. 보꼬는 제 앞발을 핥다가 란아 얼굴도 한 번 핥고. 이번에는 보꼬 발톱이 무사하다. 짜식들, 이제야 털이 제대로 돌아왔네.

창가에 놓아둔 3단 철장 옆에 발판으로 쓰라고 고양이 화장실 하나를 붙여놨는데 뚜껑에 금이 갔다. 내가 눈이 나빠서 알아채지 못하기도 했지만, 말만한 놈 셋이 2년여 오르락내리락했으니 진작 주의했어야 했는데 내 잘못이다. 그 플라스틱 뚜껑을 박살내는 데 보꼬 놈이 제대로 한몫 했을 게다. 좀 무거워야 말이지. 명랑이는 무거워도 몸놀림은 날랜데 보

꼬는 굼뜨기 짝이 없다. 에휴, 고양이 망신이야.

화장실을 버려야 하나 생각하다가 갈월동에 있는 의상실 '후 앤 온' 아주머니가 예쁜 헝겊들을 짜깁기해 만들어주신 체조용 깔개로 깨진 뚜껑을 덮었다. 음, 달리 방법이 없어서 대형 스카치테이프를 여기저기 붙여 고정해놓았다. 모양은 좀 그렇지만 보꼬야, 이제는 철장에서 아무리 쿵쿵 뛰어내려도 절대 발톱이 안 끼일 거야.

유령고양이

이미 말했던가? 우리 집 고양이 중에서 사람을 안 무서워하는 건 보꼬뿐이다. 란아와 명랑이는 사람을 퍽 무서워한다. 그래서 집에 손님이 오면 부리나케 숨어 나타나지 않는다.

"진짜로는 한 마리 키우면서 세 마리라고 하는 거 아니야? 한 번도 본 적이 없으니 믿을 수가 있어야 말이지."

이렇게 이죽거리는 친구도 있다. 그래도 란아는 손님이 너무 오래 안 가서 화장실이 급해지면 모습을 드러내기도 한다. 벽에 바짝 붙어서 기다시피 화장실에 다녀가는데 그 폼이 우습기도 하고 애처롭기도 하다. 내 친구들은 사려 깊어서 "어마, 쟤 나왔다!" 하며 법석을 떨지 않는다. 숨죽이고 조용히 지켜봐준다. 근데 어째 란아 표정이 딱히 겁먹기만 한 것 같지는 않다. 호기심도 좀 있는 것 같고.

명랑이는 확정 인간포비아다. 아주 오래전, 명랑이가 사람들한테 익숙해지게 하려고 억지로 안아들고 나온 적이 있다. 그런데 애가 완전 패닉 상태가 돼서 눈이 뒤집혀 발버둥 치더니 내 팔을 할퀴고 달아났다. 애 잡겠네, 싶어서 다시는 안 그런다.

우리 명랑이처럼 가족 외 다른 사람 눈에 절대 띄지 않는 집고양이를 '유령고양이'라고 한다. 유령고양이와 함께 사는 이점도 있다. 주인 모르게 집에 들어와 있는 불청객을 알리는 센서 역할을 톡톡히 할 테니까. 집에 들어서면서 왠지 기분이 흉흉한 날, 명랑이가 편히 있는 모습을 보면 그제야 마음이 푹 놓인다.

전지영네 밋쯔와 형제인 '맘보'도 유령고양이족인가 보다. 맘보는 주인도 피해 다니니 한술 더 뜨는 유령이다.

"처음에는 침대 밑 같은 데 숨을 거예요. 그냥 내버려두세요. 늦어도 일주일 뒤에는 스스로 마음을 열고 접근해요."

맘보를 입양해 간 청년은 우리 조언에 진지하게 고개를 끄덕였지. 그런데 두 달이 지나도록 숨어 지내서 한 번도 만져보지 못했다고 했다. 살갑고 친화력 높은 밋쯔와 딴판이다. 제 엄마 릴리를 빼닮아 새하얀 예쁜이인 게 맘보가 청년에게 주는 유일한 기쁨이라나. 집에서 사람 손을 안 타고 독립적으로 사는(제 힘으로 산다고 착각하는) 별난 고양이가 드물게 있다는 말을 들었지만 맘보가 그럴 줄이야. 맘보 같은 애는 자발적으로 접근하도록 시간을 줄 게 아니라 철장 같은 데 넣어 가까이 두고 밥 주는 사람과 낯을 익혔어야 했다.

밋쯔도 중성화를 했으니까 맘보도 많이 컸겠다. 지금은 어찌 지내는지. 청년은 맘보가 외로울까 봐, 그리고 같이 지내며 친화력을 배우라고 고양이 한 마리를 더 들였다고 했다. 그런데 맘보가 개하고는 잘 놀고 지내면서 청년에겐 여전히 곁을 안 주더란 게 끝으로 들은 소식이다. 릴리 보호자인 문정 씨는 청년이 맘보한테 정을 붙이지 못할까 봐 아직도 걱정하고 미안해한다.

"좀 나아지지 않았겠어? 그것도 맘보 매력이려니 하고 보듬고 살 거야."

"그쵸? 괜찮은 사람 같았어요. 만약에 파양하게 되면 먼저 우리한테 연락을 했을 텐데, 아무 연락 없는 거 보면 잘 지내나 봐요."

"파양을 하려야 할 수가 있나. 잡혀야 말이지."

내 말에 문정 씨는 하하 웃었다.

부리나케

"《요푸공의 아야》, 나도 보고 싶어라요!"

한창 고양이카페 댓글을 달고 있는데 문득 이상한 기운이 감지됐다. 움찔, 인터넷 세계에서 떨어져 나와 손을 멈추고 주의를 집중하니 다리미 눈는 냄새가 진동한다. 이게 웬 냄새…… 벌떡 일어나 부리나케 싱크대로 달려갔다. 레인지 위의 주전자가 달각달각 바르르 경련하고 있다. 아, 이런! 불을 끄고 주전자를 내렸다. 당연히 물은 한 방울도 남김없이 증발했고, 은빛이었던 스테인리스 주전자가 거무튀튀해졌다. 달아오른 주전자에 수돗물을 뿌렸다. 치직, 치직, 치직! 주전자 안쪽도 도색한 듯 거무튀튀. 일단 물을 가득 받아두었지만, 말끔히 닦아낼 자신이 없다.

커피를 타려고 레인지에 주전자를 올려둔 뒤 자리를 떴

었다. 원고를 치는데 '불이나케'에 빨간 줄이 쳐지는 것이다. '불이'와 '나케'를 떼어도 보았다. 뭐야? '불이 나게'는 아닐 텐데. 그래서 사전을 가지러 침대방에 갔다가 잠깐 메일이나 확인할까 하고 컴퓨터를 켠 게 사단이었다.

혀를 차며 투덜거리면서 부리나케 움직이는 나를 캣타워 위에서 창밖을 내다보며 볕을 쬐던 란아가 고개를 돌리고 지켜본다. 보꼬와 명랑이는 방바닥에 내 파카를 펼쳐놓고 '뻐드러져' 자고 있고. 보꼬가 잠결에 뻗은 발끝이 명랑이 다리에 닿자 "엥!" 짜증을 내며 명랑이가 그 다리를 움츠린다. 상대가 란아였으면 안 그랬을 텐데. 보꼬가 눈을 뜨고 끔벅끔벅하다가 자세를 바꿔 다시 눈을 감는다. 친하지도 않은 놈들이 한 자리에서 자는 건 둘 다 파카를 양보할 생각이 없기 때문이다. 결국 명랑이가 딴 데로 갔다.

아무래도 주전자를 새로 장만해야겠다. 야, 이놈들아, 밥값 좀 해! 집에 고양이가 셋이나 되는데 이 지경이 돼도 한 놈도 알려주는 놈이 없네.

삽질하는 명랑이

"알았어, 명랑아, 그만 좀 해!"

아주, 저 혼자만 깨끗해요! 파바바바박! 퍽! 퍽! 퍽! 명랑이가 화장실 모래를 미친놈처럼 퍼서 뿌려댄다. 응가를 덮지 않고 그냥 나오는 보꼬랑 딴판이다. 농사를 져라, 농사를 져! 네가 땅강아지냐? 명랑이를 흘겨보다 보니 모래 위에 변이 묽다. 이크! 아니나 달라, 화장실을 나오자마자 명랑이가 엉덩이를 낮추는 꼴이 방바닥에 똥꼬를 문질러 닦으려는 게 분명하다. 휴지를 말아 쥐고 달려가, 가까스로 방바닥을 보호했다. 세이프! 휴지로 엉덩이를 닦아줬는데 별로 묻어나는 것도 없다. 아주, 저 혼자만 깔끔해요! 화장실 앞에 모래 매트를 넓게 깔아놔도 명랑이 때문에 방바닥이 모래 천지다. 명랑이의 모래 테러를 막아보자고 화장실 하나는 돔형으

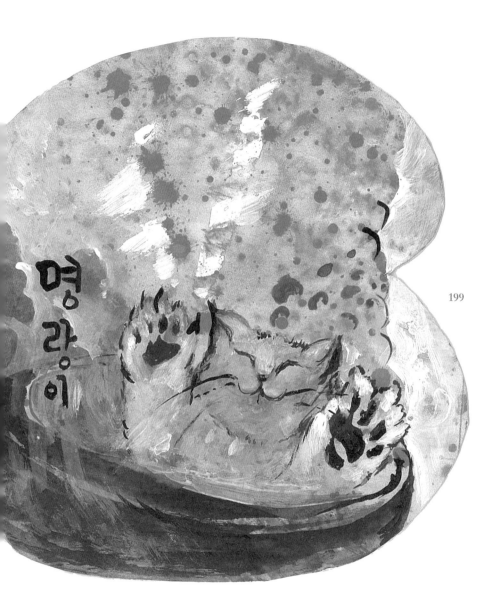

명
랑
이

로 바꿨다. 둥근 천장으로 둘러싸여서 모래는 사뭇 잘 잡는데 모래 먼지가 새나갈 틈이 없으니 고양이 건강에 좋지 않을 것이다. 그래서인지 약아빠진 명랑이는 잘 사용하지 않는다. 하긴 제 놈이 그 안에서 그 기세로 삽질을 하면 숨쉬기도 힘들 테지. 돔형 화장실에는 먼지가 덜 이는 고급 모래를 채워놔야겠다. 그런데 나는 한 통에 몇만 원씩 하는 모래는 도저히 못 사겠다. 형편도 안 되지만, 아깝잖아? 나는 아직도 모래에 드는 비용이 아깝다. 처음에는 너무너무 아까워서 네 봉지에 만 원 남짓한 제일 싸구려 모래를 썼었다. 지금은 중저가 모래를 쓴다. 대박이엄마는 플라스틱 통에 조약돌을 담아서 쓴다고 했다. 응가는 그때그때 걷어내고, 2~3일에 한 번씩 조약돌을 씻어서 다시 사용한다는 것이다. 돈도 안 들고 집 안이 사막이 될 걱정도 없고, 먼지가 안 나니 고양이 건강에도 좋고, 굿 아이디어다. 한번 시도해봐? 명랑이 발톱 다 빠지겠네.

복돌이, 복돌이, 복! 복! 복!

보꼬가 요즘 애교가 늘었다. 안기는 건 물론이고 쓰다듬
어주는 것도 싫어했는데 제가 먼저 접근해 몸을 비빈다. 방
금도 내 옆에 와 말끔히 나를 올려다봤다. 그 눈빛이 얼마나
사랑스러운지!

"보꼴아~"

부르면서 등을 쓰다듬었다. "홍엥~" 보꼬가 달콤하게 대
꾸하면서 몸을 꼰다. 너무 예뻐서 그 옆에 쪼그려 앉아 등을
막 쓰다듬었다.

"복돌이, 복돌이, 복! 복! 복!"

가락을 넣으며 박자에 맞춰 쓰다듬었다. 내 손길에 맞춰
보꼬도 방바닥에 몸을 납작하게 붙이고 맞장구친다. 꼬리도
탁탁 치면서.

"홍엥~ 홍엥~홍엥~"

예뻐! 예뻐! 예뻐!

우리 야옹이들 중에서 보꼬가 제일 애칭이 많다. 보깽, 보꽁, 복돌이, 복꼴이, 보깡똥. 란아 애칭은 란꽁이다. 가끔 "란~" 하고 부를 때도 있다. 명랑이 애칭은 맹랑.

우리 보꼬, 왜 갑자기 변했어? 어쩌면 보꼬가 원래 애굣덩어리인데 한창 애교 부릴 나이에 명랑이가 합류해서 천성이 묻혔던 것인지도 모르겠다. 그렇게 장난 좋아하던 애가 란아랑 명랑이가 노는 걸 구경만 했었는데, 보꼬 성격이 무던해서 내가 무심했다. 속으로 이런저런 혼란이 있었던 걸 눈치채지 못했다. 셋째를 들이면 먼저 있던 두 애한테 각별히 애정을 보여줘야 한다. 물론 셋째 몰래.

이사

같은 고양이카페 회원 기치 님을 만나고 들어왔다. 전화를 받고 집 근처 교회 앞으로 허둥지둥 나갔다. 원래는 아까 오후에 만날 예정이었지만, 이런저런 사정으로 미뤄졌다.

우리 동네 큰고양이 한 애를 어찌저찌 후배네 집에 입양 보내게 됐는데, 기치 님이 카페 벼룩시장에 올린 캣타워와 캣터널을 보니 걔한테 딸려 보내고 싶었다. 가격도 괜찮았고……. 하지만 내 지갑 사정이 좋지 않아 군침만 삼켰다. 그런데 더 대폭 낮춘 가격에 새로 글을 올린 거다. 그걸 보자마자, 속 보이는 거 같아 민망했지만 냉큼 찜을 했다. 지금 기치 님은 새로 이사한 대전으로 가는 길이다. 설날이라 정신없이 바빴을 텐데 캣타워가 있는 집 열쇠와 약도를 전해주러 우리 동네에 들른 거다.

여러 가지로 기치 님이 나를 조금 울고 싶게 한다. 처음 만나지만, 같은 서울에 살던 같은 카페 회원이 멀리 이사 간 다니 그것만도 왠지 뭉클한데, 머뭇거리더니 나한테 두 가지 부탁을 했다. 하나는, 내가 건넨 돈에서 3만 원을 주면서 불우고양이 후원을 대신 해달라는 거다. 펄쩍 뛰면서 고개를 저었지만, 내가 사양할 일이 아닌 거 같아 고맙게 받아뒀다. 그리고 또 하나는, 기치 님 살던 집에 캣타워 가지러 가는 날, 마당에 사료를 좀 놓아달라는 거였다. 기치 님이 밥 주던 턱시도 아이를 위해서.

이사해야 할 때, 우리를 가장 힘들게 하는 것 하나가 밥 먹이던 아이들일 거다. 정말 가슴이 찢어질 것이다. 걔를 데려갈까 고민도 많이 했지만 이미 두 아이가 있고, 또 이사 갈 집이 원룸이라서 마음을 접었다고 한다.

지금 대전을 향하여 고속도로를 달리실 기치 님, 그 동네 사는 친구한테 제가 부탁할게요.

기치 님만큼은 못하겠지만, 신경 써줄 거예요.

기치 님, 항상 건강하시고 새 거처에서 모든 일에 행운이 깃들기를 빌어요!

잘 키운 캣그라스 삽니다!
(서울 전 지역)

입 짧은 우리 첫째가 캣그라스라면 환장을 하네요. 푸엘라 캣그라스 시트를 두 개째 재배하고 있는데, 수확도 신통 찮은데다가 애가 안달을 하니까 10센티미터 정도 자라면 공급하라지만, 채 4센티미터도 안 되는 걸 가위로 베어주고 있어요. 개나 저나 감질나 죽겠어요. 캣그라스 쑥쑥 잘 키우신 분, 부디 우리 첫째에게 팔아주세요. 지불은 제가 합니당~!

베어서 파는 것도 대환영!

가격은 제시하는 대로 드립니다!

소녀와 가로등

윗동네 살던 대박이엄마가 멀리 이사 가면서 연립주택 두 동 사이 후미진 곳에 고양이 밥을 놔달라고 부탁했다. 2년여 무사히 밥을 놨는데 한 지하층 거주자가 바뀐 어느 날, 연립주택 벽에 '고양이 밥 주지 마세요'란 종이가 붙었다. 이만한 장소를 어디서 찾는단 말인가? 심란하기 짝이 없었지만 별수 없었다. 근처 비탈 골목에 세워진 자동차 밑으로 장소를 옮겼는데 1년 가깝도록 큰 태클 없이 놓고 있다. 천만다행히도 그 차는 두어 달에 한 번이나 움직여서 꽤 안정적인 급식처다. 고정손님이 네 마리, 오다가다 손님이 두어 마리 된다. 그런데 먼저 장소와 불과 열댓 걸음 거리인데 손님이 바뀌었다. 전에 밥 먹던 애들 중 어떤 애는 아예 보이지 않고, 어떤 애는 비탈 아래 우리 동네에서 가끔 눈에 띈다.

두어 달 전에 그 자동차 밑에 어린고양이 한 마리가 나타났다. 태어난 지 두 달이나 된 듯 보이는데 어찌 혼자 나타났는지. 그 고양이는 목덜미와 등짝에 슬쩍 붓질한 듯 주황색 얼룩이 찍힌 하얀 코트를 입고 있었다. 큰고양이들 텃세를 견뎌낼까 걱정했는데 괜한 걱정이었다. 걔는 다른 고양이가 먹고 있는 밥그릇에도 얼굴을 들이댔다. 그러면 으르릉거리며 주먹을 내지르는 고양이도 있지만 대개는 얼른 비켜났다. 우리의 새끼고양이는 한겨울에도 건강한 모습으로 급식처를 들렀다. 그 급식처는 하루에 두 번 밥을 놓는다. 원래는 낮에만 놨는데 밤 셔틀을 도는 김에 한 번 더 간다.

아까는 자동차 밑에서 빈 밥그릇을 꺼내는데 안쪽 한구석에 한 애가 웅크리고 있었다. 거기 고정손님 중에 덩치는 큰데 겁이 많은 젖소아이가 있다. 걔인가 보다 생각했는데 "삐용, 삐용" 울면서 다가왔다.

"야, 삐용아! 왜 여기 있어?"

삐용이를 거기서 만나기는 처음이었다. 삐용이를 반기는데 그 흰고양이가 왔다. 그런데 얘가 안 하던 짓을 했다. 밥 같은 건 싹 잊어버린 듯 폴짝폴짝 뛰더니 쪼르르르 벽을 따라 달려갔다 달려오는 것이다. 뻬용이를 보고 너무 좋아서 날아다니는 것이다. 뻬용이는 한 살이 넘었지만 공격성이라고는 약에 쓰려야 없고 해맑은 만년 소년 같은 수고양이다. 딱 그 흰고양이 취향인가 보다. 나는 어린고양이의 교태에 놀라서 그 애를 자세히 봤다. 너, 벌써 발정기가 된 거니? 가슴이 철렁하고 착잡했다. 아닌 게 아니라 이제 어엿한 소녀 티가 났다. 하지만 발정기여서가 아니라, 생의 고달픔으로 무뚝뚝해지고 어깨 두둑한 어른고양이들만 보다가 날씬하고 청순한 뻬용이를 만나니 그저 좋았던 것 같다. 그러나 뻬용이는 소녀고양이의 들뜬 마음에 아무 관심이 없었다. 얼굴을 들이대는 소녀고양이를 귀찮은 듯 외면하며 그저 나한테 뻬용거렸다. 자동차 밑 차가운 어둠 속에 밥그릇과 물그릇을 놓고 비탈을 내려가는 나를 따라오면서 "뻬용, 뻬용, 뻬용" 울었다. 걸음에 울려서 뻬용 소리가 일렁였다. 몇 걸음 우리 뒤를 따라오다가 소녀고양이는 다행히 그 자리에 멈췄다. 그리고 가냘프고 새된 목소리로 뻬용이를 향해 울었다. 그 소리는 마치 "오빠야~! 오빠야~! 오빠야~!" 부르는 것 같았다. "사랑해~! 사랑해~! 사랑해~!" 하는 것도 같았다. 소

녀고양이의 외로운 심사가 만져지는 듯해 나는 가슴이 아린
데, 삐용이는 귓등으로 듣는 듯. 차가운 놈! 내 한 몸도 건사
하기 힘든데 연애는 무슨? 이런 생각인 걸까? 다른 수고양이
들도 다 삐용이 같으면 좋으련만.

계단의 추억

동물구조협회에서 란아를 찾아온 지 두 달 뒤에 란아가 집을 나갔었다. 집에 인터넷도 개설하지 않았고 내가 이메일을 보낼 줄도 모를 때였다. 급히 원고를 보내야 해서 플로피 디스켓을 들고 새벽 2시에 PC방을 찾아 나섰다. 동네 PC방 주인은 믿기지 않게도 나보다 더 컴퓨터에 '깜깜'이었다. 그 안에 있는 손님들은 컴퓨터 게임에 정신이 없고. 그래서 다른 PC방을 찾아 옆 동네까지 다녀오다 보니 두 시간이 넘게 걸렸다.

란아가 안 보였다. 창이란 창은 다 활짝 열어놓은 채 음악을 크게 틀어놓고 두 시간이나 방을 비웠으니. 처음에는 극구 조심했지만 그동안 란아가 얌전히 붙어 있어서, 또 금방 돌아올 생각으로 내가 방심했다. 이렇게 란아를 잃는 건가?

이렇게 짧게밖에 돌봐주지 못할 거면서 야전병원 같은 데서 중성화를 시켜 죽을 고비를 넘기게 했나? 별 생각이 다 들었다.

란아는 밤마다 찾아와서 밥을 먹고, 물을 마시고, 방에 들어와 화장실을 쓰고 갔다. 한번은 창문을 다 닫고 란아를 기다렸다가 란아가 화장실에 들어갔을 때 얼른 입구를 방석으로 막았다. 그리고 현관문을 닫은 뒤 방석을 떼어주자 화장실에서 나온 란아가 어이없다는 표정으로 나를 봤다. 나는 허리에 양손을 얹고 란아를 마주 보며 의기양양히 웃었다. 그런데 순식간 란아가 내 책상 쪽으로 갔다. 아차 싶어서 따라갔으나 이미 사라졌다. 그쪽 창문을 깜빡 잊고 있었던 것이다. 그 뒤 란아는 계속 밥을 먹으러 왔지만 화장실에는 들어가지 않았다. 그렇게 한 달이 지났을 때 집 앞에서 만난 초발랄 치즈태비 보꼬를 들이게 됐다.

처음 란아가 보꼬를 만난 날, 현관에 들어선 란아가 "어라?" 하는 눈으로 보꼬를 봤다. 란아는 무뚝뚝이 눈길을 거두고 이내 밥을 먹기 시작했다. 보꼬가 밥 먹는 란아 뒤에 가서 란아 꼬리를 잡아당겼다. 란아가 고개를 돌리고 보꼬를 흘겨보더니 찰싹 따귀를 때렸다. 그리고 묵묵히 밥을 먹더니 뒤도 돌아보지 않고 가버렸다.

그렇던 란아가 다음 날부터 보꼬랑 얼마나 신 나게 노는지! 그전에는 밥만 먹고 갔는데 보꼬가 온 다음에는 동이 틀 때까지 옥상에서 방으로, 방에서 옥상으로 같이 뛰어놀다가 갔다. 둘이 어찌나 격렬하게 놀았는지 옥상 난간의 기왓장이 몇 번이나 마당으로 떨어졌다(그게 그 집주인에게 내가 유일하게 미안하게 여기는 일이다). 란아가 긴 시간 집에 있어서 좋았지만, 밤새 깨 있자니 힘들었다. 란아가 아주 간 다음에야 현관문을 잠그고 눈을 붙였는데, 문제는 그 뒤에도 보꼬가 잠을 자지 않고 혼자 방을 헤집고 다닌다는 거였다. 부엌으로 방으로, 옷장 위로 침대로 우다다다다 휙휙휙, 파김치가 돼 잠들라 하는 내 얼굴을 막 밟고 지나다니면서. 정말 울고 싶었다. 며칠 뒤 참다못해 내가 비틀비틀 일어나 현관문을 열고 보꼬한테 소리쳤다.

"너 정말 이럴 거야? 계속 이럴 거면 나가!"

현관문을 열자 좋아라 옥상으로 뛰어나가던 보꼬가 멈칫했다. 나는 두 걸음 나서서 계단을 가리켰다.

"나가라구!"

보꼬는 어리둥절 충격받은 얼굴로 나를 바라봤다. 내가 분을 삭이느라 옥상을 뚜벅뚜벅 걷다가 뒤를 돌아보니 보꼬가 안 보였다. 깜짝 놀라 달려가 보니 보꼬가 고개를 푹 숙이고 계단을 내려가고 있었다. 다섯 계단째.

"보꼬야, 보꼬야, 보꼬야!"

부르짖으며 쫓아내려가 보꼬를 끌어안았다. 그때 보꼬의 뒷모습을 생각하면 지금도 울컥해진다. 미안, 보꼬야, 미안. 보꼬를 안아 들고 집에 들어와 현관문을 잠근 뒤 나는 안도의 한숨을 내쉬며 푹 잠들었다. 그 뒤 보꼬가 좀 조용해졌는지는 기억나지 않는다.

란아를 다시 잡은 건 보꼬 덕분이다. 보꼬는 정말 복고양이다! 둘이 레슬링을 하다가 철장에 굴러 들어갔나 보다. 란아가 보꼬 밑에 깔려 있는 것 아닌가? 이게 웬 떡인가! 얼른 철장문을 잠그고, 현관문이랑 온갖 창문 단속을 한 뒤 철장을 열어줬다. 그나마 보꼬가 있어서 란아가 집생활에 적응이 쉬웠겠지만, 란아는 여러 달 동안 밤마다 울었다. 창가 철장 위에서 란아는 울부짖는데, 철딱서니 없는 보꼬가 란아가 깔고 앉은 수건 밑에 고개를 들이밀고 장난을 해서 란아가 울

다 말고 휘둥그레진 눈으로 수건이 꿈틀거리는 모양을 내려
다보던 장면이 떠오른다. 얼마나 웃기던지.

전기고양이

길고양이가 경계심이 많은 건 바람직한 일이다. 사람을 경계하지 않는 고양이는 해코지를 쉽게 당하기 때문이다. 이기심에서도 나는 고양이가 나를 경계하기 바란다. 마음이 덜 매일 테니까. 그렇지만, 그렇지만! 이건 아니라고 본다.

우리 동네에 너무너무 사나운 고양이가 있다. 다행히도 나한테만 패악을 떠는 것 같다만. 생긴 건 참 귀티나게 곱다. 전체적으로 하얗고 등판에만 살짝 회색 줄무늬 진 고양이인데 얼굴도 웃는 얼굴이다. 참 예쁜 고양이라고 생각하며 자동차 밑에 밥을 놓으려는 순간 "카악!" 소리와 함께 앞발로 내 손등을 찍으려 들었다. 휴, 내가 잽싸게 피했기 망정이지. 그렇게 매력적으로 웃는 얼굴이었는데, 차가운 웃음이었던 것이다. '아직 나를 몰라서 그러겠지'는 천만의 생각이었다.

나를 본 지 1년이 지났는데 여전히 그 모양이다. 내가 깜짝 놀라면서도 밥을 주는 게 혹시 제 기세에 놀라 밥을 뺏긴다고 여기는 걸까?

그 녀석의 "카악!"은 예사 카악이 아니다. 침까지 튀기면서 "쉬악!" 같기도 한 소리를 내는 게 영락없는 독사다. 간혹 겁이 많아 버릇처럼 하악거리는 애들이 있는데, 그 하악질이랑은 급이 다르다. 질도 다르고. 완전 입에 담지 못할 욕을 하는 게 분명하다. 자동차 앞에 전을 펴고 있는데 한달음에 공격 태세로 쫓아 나오기도 한다. 그럴 때면 개 주위에 비유가 아니라, 정말 희고 푸른 불꽃이 타다다닥 튄다. 그 공기에 닿은 살갗이 독에 쏘인 듯 뜨끔거릴 정도다.

"어우, 야! 너 땜에 무서워 죽겠어!"

뻑 소리를 질러도 눈 하나 깜짝 않는다. 개의 단골 자동차 밑에는 물이 든 페트병을 방패 삼아 휘두르면서 그릇을 채운다. 개도 병이다. 어떤 사람한테 끔찍한 일을 당한 적이 있어서 그런 병이 생긴 건지도 모른다. 그런데 아무리 생각해봐도 그놈이 나한테만 그러는 것 같단 말이야……

둥당당당, 당당당당!

우리 란아나 명랑이가 기분이 아주 좋을 때 스크래칭하는 걸 보면 마치 소고춤을 추는 것 같다. 스크래처 기둥을 앞발로 붙들고 서서 빙그르르 돌며 파바바바박! 둥당당당당당당! 손톱 연타를 먹인다. 그러고는 궁둥이를 실룩실룩한 다음 어디를 우다다다 뛰어갔다가 돌아와서 또 기둥을 붙들고 빙그르르, 둥당당당당!

보꼬는 제자리에서 박박 긁는 게 다다. 몸도 무겁고 거동도 굼뜨고.

사랑의 세레나데

컴퓨터 앞에 앉아 있는데 명랑이가 점프해서 내 무릎으로 올라온다. 무릎에 올라앉는 고양이는 우리 집에서 명랑이뿐이다. 골골골골골. 쓰다듬어주니까 골골거리다 못해 그렁그렁그르렁 고장난 보일러처럼 야단스런 소리. 오늘은 좀 오래 안고 있었다. 사각사각사각, 명랑이 기분이 최고일 때 내는 이빨 가는 소리. 명랑이 이빨 건강에는 안 좋을지도 모르는데, 나 듣기에 좋더라. 명랑아, 내가 그렇게 좋아? 또 싱거운 소리. 명랑이는 그렁그렁그렁, 사각사각사각, 골골골골골.

천 원

고양이 똥을 치우러 다니다가 '잘 만났네, 고양이 밥 왜 주시오? 주지 마시오!' 소리나 들어서 낮에는 발을 끊었던 곳에 모처럼 들렀다. 지난밤에 놓은 밥이 얼마나 줄었는지, 다 비었는지, 앞으로 놓을 양을 가늠하기 위해서였다. 한적한 동네 한복판인데 웬 여인 하나가 땅바닥을 살피며 다닌다. 신경이 곤두섰는데 그녀가 버려진 쟁반을 주워드는 걸 보고 경계경보를 풀었다. 그런데 그녀가 나한테 다가온다. 지레 굳은 얼굴로 그녀를 바라보자 하는 말.

"나, 천 원만 줄래요?"

'으잉?'

"왜요?"

"쓸 데가 있어서요."

'……'

"잠깐 나온 건데, 내가 지갑 안 갖고 나왔으면 어쩔 뻔했어요?"

나는 곱지 않은 말을 내뱉으며 꾸물꾸물 지갑을 꺼내 그녀에게 건넸다.

"고마워요."

그녀는 헤죽 웃더니, 자기가 방금 주운 쟁반을 내밀었다.

"이거 가지실래요?"

"아니에요. 됐어요."

거기 오래 지체하기도 했고, 그녀가 뒤숭숭하기도 해서 얼른 자리를 떴다. 그런데 그녀가 나를 졸졸 따라 비탈을 올라온다. 나는 눈살을 찌푸리면서 자동차 밑에 고양이 밥을 밀어넣었다. 그녀가 옆에 서서 지켜본다. 신경질이 난다. 그렇잖아도 사람들 눈 피하기 힘들어 죽겠는데 왜 안 가고 있지?

"뭐 해요?"

"네?"

"고양이 밥 주는 거예요?"

"네."

와락 신경질이 더 나다가 퍼뜩 그녀를 다시 봤다. 이제 보니 밤에 동네를 돌다가 자주 마주치는 사람이다. 큰 소리로 말을 시키고 따라다녀서 반갑지 않던 여인네. 아기를 낳다가 머리에 병이 생겼다는 사연을 동네 아주머니한테 들은 뒤 마음이 좀 누그러졌었다. 어두운 데서만 보다 낮에 보니 더 못 알아본 것이다. 좀 전에 퉁명을 떤 건 미안했지만, 나는 걸음을 빨리해서 그녀를 떼어놓았다. 갈래길 끝에서 돌아보니, 내 걸음에 맞춰 빨리빨리 쫓아오던 그녀가 더 이상 쫓아오지 못하고 멀거니 나를 바라보고 있었다. 미안해요.

천 원짜리 한 장을 챙기지 않고 집을 나서면 그녀를 만날까 봐 불안하다.

캣츠아이

아래층에서 개 짖는 소리가 들린다. 천하무심 보꼬가 오늘은 웬일로 계단 쪽을 향해 귀를 쫑긋 세우고 눈을 똥그랗게 뜨고 입을 뾰족하게 내밀고 있다. 택배라도 오나. 나도 계단에 귀 기울인다. 더 이상 아무 기척이 없다. 보꼬를 바라보니 나를 마주 보며 고개를 갸웃한다.

- 보꼬야, 왜 눈을 똥그랗게 뜨고 있어?

- 뜨면 똥그래.

- 좋겠다, 똥그래서.

실수

"캥!"

"으악! 미안! 미안!"

또 명랑이를 밟았다. 명랑이는 자주 밟히고 걷어차인다. 나도 번번이 놀라 죽겠다, 얘. 그렇게 당하고도 내 발치에 바짝 붙어 따라다니는 버릇을 버리지 못하니 내가 조심해야지. 작은 생물을 밟아 죽이게 될까 봐 빗자루로 쓸면서 길을 간다는 자이나교 신자처럼 조심, 또 조심.

고양이는 실수를 용서한다는 말이 있다. 고양이는 그것이 실수였다면 어떤 실수라도 용서한다. 설령 그 결과가 돌이킬 수 없는 것이더라도. 자기 고양이를 본의 아니게 해치게 된 사람을 위로하느라 떠도는 말이지만, 고양이에 대해 어느 정도 아는 사람이라면 고개를 끄덕이지 않을 수 없게 하는 근

거 있는 말이기도 하다.

내가 란아에게 저지른 짓도 실수라고 할 수 있을까?

비가 올 것 같아 외출하기 전에 옥상 문을 닫아두려고 점호를 했다. 보꼬는 철장 위에서, 명랑이는 식탁 의자 밑에서 자고 있고, 란아는 막 옥상에서 들어오고 있었다. 옳지, 잘됐다. 옥상 문을 닫으려고 다가가는 순간 란아가 잽싸게 되돌아섰다. 안 돼요, 안 돼! 나는 한달음에 달려가 옥상문을 꽝! 닫았다. 동시에 란아가 "끼에에에엑!" 비명을 질렀다. 머리가 어찔했다. 그 뻑뻑한 유리문을 있는 힘껏 닫았는데, 정말이지 1센티미터나 될까, 문에 끼어 가운데가 졸린 란아의 몸이 리본 모양이 됐다. 전반신은 유리문 밖에 후반신은 유리문 안에. 란아…… 란아……! 유리문을 다시 열기도 두려웠다. 덜덜 떨면서, 그 와중에도 란아가 옥상 밖으로 튀어나가 손닿지 않는 곳에서 실신할까 봐 살살 문을 밀면서 란아를 안아 들어 방에 내려놓고 문을 도로 닫았다. 미안해, 란아. 란아, 미안해. 잉잉, 뼈가 부서지고 내장이 뭉개졌을 거야……. 란아는 조르르 방구석으로 달아나 핥핥핥핥핥, 옆구리를 핥았다. 괜찮니? 괜찮아야 해! 란아, 정말 미안해……

우아한 란아 입으로 그런 괴성을 토해내게 만들다니…….

란아가 죽을지도 모른다고 겁먹었는데 며칠이 지나도록 별 이상 없어 보였다. 그래서 어영부영 병원에도 데려가지 않았다. 3년이 지나도록 이상 무다. 신비한 일이다. 그 뒤 나는 절대로 고양이와 경쟁하듯 문을 닫지 않는다. 란아도 내가 문을 닫으려는 듯싶으면 뛰쳐나가지 않는다. 그 일로 란아가 나를 원망하는 것 같지는 않다. 다이아몬드처럼 섬세하고도 대범한 고양이어라!

귀찮아

무슨 드라마인지를 틀어놓은 식당 텔레비전에서 한 여자 탤런트의 짜증 섞인 목소리가 흘러나왔다.

"귀찮아!"

'귀찮아'라…… 까마득히 잊고 있던 말이다. 바깥고양이들한테 밥 나르는 업이 생긴 뒤 '귀찮아'라는 말을 안 하게 됐다. '귀찮아', '귀찮다'가 내 입버릇이었는데…….

『디 아워스』란 영화에서 줄리안 무어 연기를 보다가 한 친구를 떠올렸었다. 극심한 신경증에 빠질 소양이 일찌감치 다분한 친구였는데 쉰 살이 넘도록 아주 건전하고 씩씩하게 살고 있다. 생각해보니 그녀에게는 담대하달까, 건강한 기상도워낙 있었던 듯하다. 그런 그녀가 유한부인으로 살았다면 『디 아워스』의 줄리안 무어만큼이나 바닥 모를 우울증으로 허우

적거렸을지도 모른다. 생활 전선에서 한시도 발을 뗄 수 없는 현실이 그녀에게 신경증을 앓을 여유를 앗아가서 묻혀버릴 뻔한 생활력의 씨앗이 발아한 게 아닐까.

그런데 바깥고양이들 밥 나르기는 애들한테 미안해서 차마 귀찮다는 생각을 못하고 착실히 수행하지만, 다른 일들은 늘 미루고만 있으니 귀찮아하고 있는 것일지도 모른다. 아니, '귀찮아'란 말을 떠올리지 않았으니 그저 내 몸이 지친 것이다. 사전을 뒤져보니 '귀찮다'는 '번거롭고 성가시다'란 뜻이다. 즉 정신의 상태인 것. 야옹이들 덕분에 내 정신이 개조됐다.

잠꼬대

요즘 명랑이가 잠꼬대를 한다. 즐거운 잠꼬대면 좋은데 대개 슬픈 신음소리를 낸다. 깨울까 말까 망설인다. 사람 아기처럼 고양이도 잘 때가 제일 예쁘고 편하다. 특히 명랑이가 그렇다.

"꾸우, 꾸우, 꾸꾸꾸우, 꾸우"

"명랑아, 명랑아!"

부르니까 움찔움찔, 부르르 떨더니 눈을 뜨고 나를 바라본다. 그리고 징징거리면서 다가와 깡충 내 무릎에 뛰어올라앉는다. 골골골골골, 고로롱.

"그래, 그래, 그래."

고양이 꿈은 어떨까? 사람처럼 생시 같은 꿈을 꿀까? 어떤 때는 생생하고, 어떤 때는 황당하고 몽롱할까? 꿈이라는 현상이 생기려면 기억 형상화라는 지적 능력이 필요한 거 아닌가? 다들 나름의 형상화 능력이 있겠지. 사람은 사람의 꿈, 고양이는 고양이의 꿈, 비둘기는 비둘기의 꿈, 귤은 귤의 꿈, 장미는 장미의 꿈. 형광등이라고 해서 형광등의 꿈을 꾸지 말라는 법도 없겠지. 다들 즐거운 꿈을 꾸기를!

캣대디

밤 10시가 조금 지난 시각이었다. 고양이 밥 셔틀을 돌며 한 거점인 담장 아래로 바삐 가는데 검정색 긴 드레스를 입은 중년여성이 한가롭게 마주 걸어왔다. 내가 발을 멈추자 그녀가 지나쳐갔다. 열댓 걸음쯤 그녀가 지나간 뒤 괜찮을 것 같다는 판단을 내리고 담장 아래 쪼그려 앉자마자, 소리 없이 다가온 그녀가 "거기 고양이 밥 놓지 마세요!" 일성을 터뜨렸다. 그녀의 무심한 척 페인트모션에 내가 넘어간 것이다.

"내, 얘기는 많이 들었어요. 어떤 사람인지 내, 얼굴 좀 한 번 꼭 보고 싶었는데 이제야 만났네요."

마치 파렴치범을 잡은 듯 의기양양한 목소리.

신영우의 코믹무협만화 《서울협객전》에 한 킬러가 뇌까리는 이런 대사가 있다.

"(악몽을) 매일 꾸니까 악몽을 꾸지 않으면 잔 것 같지가 않아요."

낄낄 웃으면서, 나도 그런 경지에 오르고 싶었다.

'(고양이 밥 준다고) 매일 욕을 먹으니까 욕을 먹지 않으면 산 것 같지가 않아요.'

태클이 걸릴 때마다 무조건 '죄송합니다' 모드로 몸을 굽혔는데 아까는 그러지 못했다. 제일 첫째 원인은 내가 감정을 제어할 수 없을 정도로 피곤한 상태였다는 것, 둘째 원인은 그 장소가 길고 높은 담장 아래 외진 곳이어서 태클 거는 이가 산다는 담장 너머에 별 폐를 끼치지 않을 터라 괜한 악감정 말고는 태클 이유를 알 수 없다는 것, 셋째 원인은 그녀의 고압적이고 거만한 말투였다. '대체 저런 사모님 말투는 어디서 배운 거야? 텔레비전 연속극에서 배웠나 보네(실은 그녀 말투를 쓰는 여인들이 원전이고, 연속극에서 그 말투를 딴 것일 테다)!' 그런 생각을 하면서 나는 그녀의 속을 뒤집으려는 심사로 팔짱을 낀 채 아무 대꾸 않고, 거만하게 나를 훈계하는 그녀 얼굴을 차갑게 바라봤다.

"아줌마는 고양이가 예뻐서 그런다지만, 고양이 싫어하는 사람들은 무슨 죄예요? 왜 동네사람들한테 그렇게 폐를 끼치면서 살아요? 여기 고양이 밥을 놓으니까 우리 집 뜰에 고양이가 얼마나 많은지 몰라. 구청에 민원 넣어서 두 마리는 죽었고."

"고양이가 죽어요? 구청에 민원 넣었는데 고양이가 왜 죽어요?"

"아니, 아니, 죽은 게 아니라……."

나는 점점 화가 나서 팔짱을 꽉 조이고 코끝을 치켜든 채 경멸의 미소를 지으며 그녀를 뚫어져라 쳐다봤다. 그래 봤자 내 시력이 형편없어서 그녀 얼굴이 잘 보이지도 않았지만 그녀는 그 사실을 알지 못하리. "할 일도 없어! 매일 뭐하는 짓이야?" 이윽고 그녀가 분에 겨워 떨리는 목소리로 웅얼거리며 자리를 떴다. 당장 속은 시원했지만, 내 추한 감정이 사납게 날뛰어 그 사람의 추함을 이긴 뒷맛이라니…… 씁쓸하고 텁텁했다. 게다가 태클 거는 사람 감정을 상하게 해봤자 피해를 보는 건 고양이다. 골목고양이들한테 밥 주는 사람들이 몸을 낮출 수밖에 없는 건 고양이들이 볼모로 잡혀서다.

할 일이 그렇게도 없냐는 말도 참 자주 듣는 레퍼토리다.

흑흑, 저 할 일 무지무지 많거든요! 외로운 캣맘살이 6년 새 가장 큰 도움을 준 이는 김태수 선생님이다. 우리 집에서 세 정류장 떨어진 갈월동 비탈에 나 대신 2년여 고양이 밥을 주고 계신다. 그 동네 부녀회장 할머니가 동네에 얼씬도 말라고 으름장을 놓으셨을 때 거기 주민인 그분한테 어렵사리 도움을 청했더니 흔쾌히 응해주셨다. 그분도 내가 고양이 밥을 주는 걸 본 초기에는 '할 일도 참 없는 사람이네'라고 한심하게 여겼다고 했다. 나도 뚜릿뚜릿 주위를 둘러보며 조마조마 고양이 밥을 주는데, 강아지를 안고 있는 지나가던 아저씨가 발을 멈추고 말을 시켜서 처음에는 좀 질색이었지.

선생님은 갈월동 비탈에서 두 정류장 떨어진 남산 아래로 이사하신 지 1년이 넘었는데, "운동 삼아"라는 말씀으로 내 마음을 편하게 해주시며 캣대디 역할을 계속 수행하신다.

지금 그 댁에는 '똘이'라는 개 한 마리와 '카레'와 '에옹'이라는 암고양이 두 마리가 기거한다. 똘이는 내가 처음 봤을 때 선생님 품에 안겨 있던 강아지고, 카레와 에옹이는 선생님이 길에서 만난 애들이다.

"자기 먹을 것도 없을 텐데 고양이를 굶겨 죽일 것 같아서……."

한 노숙인이 손바닥만 한 새끼고양이를 노끈에 묶어 데리고 있는 걸 지나치다가 되돌아가 3만 원을 주고 받아왔다는데, 걔가 카레다. 에웅이는 갈월동 비탈에서 새끼고양이 때부터 봐왔는데 유난히 선생님을 따랐다고 한다. 에웅이가 눈에 띈 지 여섯 달쯤 지났을 때, 누군가 약을 놔서 비탈에 죽어 있는 고양이가 다섯 마리째 보이자 아무래도 안 되겠어서 데려오셨다고. 그 비탈이 유난히 삭막하고 황량한 데이기는 하다. 살풍경한 그곳을 다니는 게 전혀 즐겁지 않으실 텐데…….

카레와 에웅이는 무럭무럭 커서 중성화 수술을 받고 잘지낸다. 에웅이는 완전 아빠쟁이란다. 깨자마자 뽀뽀를 하고 팔에 꾹꾹이도 해드리고 아주 살살 녹이나 보다. 선생님 사랑을 독차지하던 똘이가 에웅이와 카레를 무던하게 받아들여 준 것도 고마운 일이다. 똘이가 여자애여서 가능했을 것이다. 사람이나 동물이나 여성이 품이 넓다(앞에 얘기한 바의 여성도 있긴 하지만).

그전에는 고양이를 싫어하기까지 했다는 선생님이 "나는

고양이를 사랑합니다"라는 말씀을 하시니 얼마나 기쁜지!
고양이는 그런 존재다. 알고 보면 사랑하지 않을 수 없는 존
재!

꾹꾹이

이제 철이 바뀐 듯해서 침대 위의 전기매트를 걷어내고 메모리폼 매트를 깔자마자 란아가 살그머니 올라간다. 발바닥에 눌리는 맛이 좋은지 꾹꾹이를 한다. 신기하다! 고양이들이 앞발로 잘근잘근 누르는 동작을 '꾹꾹이'라고 하는데, 아기 때 엄마젖을 먹다가 흡족해서 꾹꾹 누르던 버릇이 나오는 거란다. 그만큼이나 편안하고 좋은 기분을 발산하는 것이기 때문에 고양이를 기르는 사람들은 제 고양이한테 꾹꾹이를 받으면 흐뭇해서 어쩔 줄 모른다. 우리 애녀석들은 아무도 꾹꾹이를 해주지 않아서 말로만 들었지 꾹꾹이 동작을 처음 본다. 나한테 해주는 건 아니지만 마음이 훈훈해지고, 아, 너무 사랑스럽다! 더욱이 여섯 살이나 먹은 우리 조신한 장녀 란아가 그러니까 애틋하기도 하다.

"란아, 꾹꾹이하는 거야? 꾹, 꾹이! 꾹, 꾹이! 꾹, 꾹이
~!"

내가 흥이 나서 가락을 넣어주자 꾹꾹이를 하던 란아가
핼끔 쳐다보더니 내려가버린다. 흥!

앞접시

　명랑이는 밥그릇의 사료 위에 간식캔을 올려서 저 혼자한 테만 줄 때는 잘 먹는데, 란아랑 보꼬한테도 각각 앞접시에 덜어주면 제 것을 내려다보다가 란아를 쫓아가서 접시에 얼굴을 들이댄다. 란아는 맛있게 먹다가도 입가를 핥으며 옆으로 비켜난다. 명랑이한테 란아는 호구다. 할 수 없이 란아를 안아서 명랑이가 들여다보던 밥그릇 앞에 데려다놓는다. 명랑이 생각에 간식은 앞접시에 따로 담아줘야지 사료 위에 덮어주면 홀대를 받는 것 같은가 보다. 간식캔이라면 누구한테도 양보하지 않는 명랑이기 때문에 밥그릇에 캔을 담으면 제가 먼저 차지하곤 하면서 그런다. 설거지거리가 느는 걸 감수하고 접시 하나를 더 꺼내기로 했다.

　뭔가 이상해서 방바닥의 파카를 들춰봤더니 그 아래 보꼬가 먹던 접시가 있다. 접시 바닥에 간식이 좀 남아 있는 것을 명랑이가 보고 덮어놓은 것이다. 명랑이는 그런 거 보면 뭐로든 덮어놓으려고 열심이다. 대개는 명랑이가 긁는 소리를 듣고 짐작하는데 설거지를 하느라 이번에는 그 소리를 놓쳤다. 파카에 생선 기름기가 배어 얼룩이 졌다.

"아주 이상한 놈이야, 아주!"

신경질이 나서 명랑이를 흘겨봤다. '누구? 나?' 명랑이는 영문 모를 욕을 먹으며 멀뚱멀뚱 나를 본다. 다른 때는 "우리 깔끔한 명랑이~" 하고 칭찬해줬었다.

병원

작년 여름에 명랑이가 병원 신세를 졌다. 화장실을 연신 들락날락하는 게 심상치 않았는데 기운이 없어 보여 안아주니까 몸을 살짝 뒤틀었다. 그래서 배를 살살 쓰다듬어주었는데 어느 부위에 손이 닿자 비명을 질렀다. 큰 병에 걸렸을까 봐 겁이 덜컥 났다. 대인공포증이 심한 명랑이를 병원에 데려갈 생각을 하니 지레 진땀이 났지만 별 수 없었다.

"애가 겁이 무지무지 많아서요. 어디로 튈지 몰라요. 절대 문 열면 안 돼요."

내가 진료실과 접수처 사이의 문을 꼭 닫으며 긴장된 목소리로 경고하자 의사선생님도 긴장했다. 명랑이가 패닉 상태가 되면 나도 제어할 자신이 없다. 가방을 조심스레 열고 안에 손을 넣어 명랑이를 끄집어냈다. 그런데 진료대 위에 올려놓자 명랑이가 '날 죽여줍쇼' 하는 듯이 납작 몸을 내맡기는 것 아닌가? 어라? 명랑이는 체중계 위에서도 새색시처럼 앉아 있고, 눕히면 눕히는 대로, 뒤집어 놓으면 뒤집어 놓는 대로 얌전히 배에 젤을 발리고 초음파 검진을 받았다. 주사도 곱다랗게 맞고. 울음소리 한 번 안 냈다. 엄살을 부리고 앙탈을 하기도 하는 보꼬와는 비교도 안 되게 착한 환자였다. 세상에 우리 명랑이가! 명랑이, 너, 집안 풍수였구나? 병원에 오니까 꼼짝도 못하네~!

"순한데요, 뭐."

의사선생님의 흡족한 듯한 칭찬이었다.

"그러게요?"

그렇지만 나는 그다음 날도 긴장을 늦추지 않고 중간문을 닫으려고 했다. 의사선생님이 그럴 필요 없다고 말렸다. 그래서 반만 닫았다.

명랑이 병명은 요도염이었다(방광염이었나?). 수고양이들이 요도가 약한데 특히 여름에 잘 발병한다고 했다. 그렇잖아도 요도나 방광에 병이 든 고양이환자가 그즈음 많다고 했다.

"다행히 심하지는 않은데, 두고 보죠. 심하면 카테터요도에

연결하여 소변을 제거하는 데 쓰는 가는 관를 꽂아야 해요."

1차 병원인 거기서 치료 못할 정도로 아주 심하게 앓는 고양이 몇을 큰 병원으로 보낸 사례를 얘기해서 겁이 났다.

"카테터로도 잡히지 않으면 수술해야죠. 얼마 전에 한 고양이는 큰 수술을 받았어요. 치료비가 5백만 원쯤 들었대요."

"그건 최악의 경우인 거죠?"

근심에 찬 내 질문에 의사선생님은 단호히 답했다.

"아뇨. 최악은, 죽는 거죠!"

기가 팍 질렸다. 아, 네, 그렇지요…… 끄덕끄덕…….

우리 기특한 효자 명랑이는 닷새쯤 병원에 다니고 치료를 마쳤다. 만세!

정말, 무서우세요?

요란하게 철제계단을 밟고 올라오는 소리가 들렸다. 란아와 명랑이는 쏜살같이 침대방으로 뛰어들어가고 보꼬와 내가 현관을 바라보고 있는데 누가 쾅쾅 문을 두드렸다.

"누구세요?"

"저예요!"

아래층 집 큰딸 목소리다. 문을 열자 그 아가씨 품에 고양이 한 마리가 안겨 있고, 그 뒤에 선 아가씨는 고양이 화장실을 들고 있었다.

"이 친구 고양이인데요, 집주인이 고양이를 못 키우게 한대요. 얘 좀 어디 좋은 집에 보내주세요."

뒤에서 안절부절못하는 아가씨한테 고양이를 기르다 버리는 무책임에 대해 일장 연설을 한 뒤 나는 고양이와 화장실을 받아들었다. 다갈색과 회색이 어우러진 긴 털로 덮인, '찡찡'이라는 이름의 참으로 어여쁜 페르시안 고양이였다. 한 살이라는데 몸집이 작았다. 이만큼 예쁜데다 품종 고양이니 입양 보내기가 수월할 것이어서 다행이었다.

"찡찡아, 잘 있어. 행복해야 돼! 진짜 좋은 집 찾아주세요!"

아래층 집 따님이 씩씩하게 당부하고 돌아갔다.

그런데 고양이카페에 운을 띠봐도 내 예상과 달리 응하는 사람이 없었다. 내가 사진을 같이 올리지 않아서 얼마나 탐스런 고양이인지 모르겠나 보았다. 지내고 보니 성격도 살갑고 여간 사랑스러운 게 아니어서 모르는 사람한테 덜컥 보내고 싶지도 않았다. 우리 야옹이 놈들의 적대감만 아니었다면 그냥 넷째로 들이고 싶을 만큼 애틋했다. 보꼬 녀석만 고양이혐오증이 있지 란아랑 명랑이는 그렇지 않은데 유독 찡찡이한테는 하나같이 적대감을 보였다. 워낙 순한 녀석들이라 해코지를 하지는 않았지만, 밥 먹을 때랑 화장실 갈 때 빼놓고는 찡찡이가 있는 내내 방바닥에 발을 딛지 않을 정도였다. 아마도 자기네랑 영 딴판으로 생겨서 딴 종족이라고 여기는 모양이었다. 찡찡이는 좋다고 달려들고 애들은 피하고.

어떻게든 잘 아는 사람 중에서 입양자를 고르려고 머리를 굴리던 참에 동생 가족과 성묘를 다녀오게 됐다. 그런데 뜻밖에도 올케가 고양이 한 마리를 구해 달라는 것이다. 으잉? 동물이라면 질색을 해서 제 남편이나 애들이 강아지 타령을 해도 눈 하나 깜짝 않았었는데? 하늘이 내린 인연이로고! 나는 찡찡이의 사랑스러움과 가엾은 사연을 얘기했다. 그래서 동생 가족이 우리 집에 들렀다. 올케는 우리 동네에 사는 제 동창을 만나고 오겠다고 해서 내 동생과 꼬마 조카만 먼저 우리 집에 왔다. 란아랑 명랑이는 역시 침대방에 숨고 캣타워에 앉아 있는 보꼬를 조카애가 열심히 쓰다듬었다.

"보꼬, 진짜 뚱뚱하다!" 감탄하면서.

초등학생인 꼬마 조카는 찡찡이를 귀엽다며 끌어안고 있었지만 내 동생은 좀 별로인 모양이었다. 잠시 후 올케가 왔다. 문을 들어선 올케한테 나는 찡찡이를 데리고 가 안겨주며 자랑스레 외쳤다.

"이쁘지?"

"엄마야!"

나는야 페르시안

올케는 부르르 진저리를 치고 펄쩍 뛰었다. 세상에! 믿어
지지 않았다. 나는 찡찡이를 올케 품에서 빼 안아 들고 가라
앉은 목소리로 나도 모르게 엄히 물었다.

"너, 솔직히 말해봐. 얘가 정말 무섭니?"

울상을 하고 올케는 너무도 작고 부드럽고 순한 고양이를
내려다봤다. 그리고 조금 부끄러워하는 목소리로 중얼거렸다.

"네, 무서워요! 한 번도 고양이 키워본 적 없단 말이에요.
무서운 걸 어떡해요……."

"너, 얘가 무서우면 어떤 고양이도 못 키워."

"엄마~ 고양이 키우자!"

조카애가 조바심을 내며 졸랐다. 올케는 있는 용기를 다
내 찡찡이한테 손을 뻗어 살짝 쓰다듬었다. 내 동생은 제 아
내가 내켜하지 않으면 할 수 없는 일이라고 했다. 어쩌면 고
양이보다 강아지를 키우고 싶은 마음이 더 커서 그 참에 강
아지나 키울 속셈이었는지도 몰랐다.

"예쁘긴 예쁘네요."

"얘는 진짜 예쁜 고양이야. 이렇게 예쁜 고양이 드물어.
페르시안 중에서도 예쁜 페르시안이야. 처음이라서 그래. 애

가 얼마나 순하고 사람 잘 따르는지 몰라."

그나마 찡찡이가 덜 고양이스런 모습이어서 올케의 무섬증이 덜어졌고, 고급 고양이 종인 것도 유리하게 작용했을 것이다. 사랑을 갈구하는 아기 같은 찡찡이 얼굴이 마음 약한 올케의 측은지심도 건드렸을 테고.

찡찡이를 태우고 화장실과 사료와 모래를 실은 동생네 자동차를 배웅하면서 안도와 더불어 걱정이 됐다. 고양이를 처음 키우는 가족인데 잘 돌볼 수 있을까, 정을 들일까…….

올케는 이내 찡찡이를 '우리 막내'라고 부르게 됐다. 자기가 고양이라는 종을 심지어는 예뻐하기까지 하는 게 못내 신기한가 보았다. 찡찡이가 동생네 가족이 된 지 2년이 돼간다.

"언니, 고양이 한 마리 더 키울까 봐요. 두 마리는 키우는 게 좋을 것 같아요."

초기에는 그러더니 머지않아 고양이털이 너무 날린다면서 찡찡이 하나로 족하겠다나. 이제 올케는 어떤 고양이를 만나도 무서워하지 않고 친근하게 여길 것이다. 찡찡이의 지금 이름은 키티다. 티파니니 뭐니 몇 이름이 물망에 오르다가 키티로 낙착됐다. 그 집에서 키티의 가장 큰 보호자는 여대생 딸, 즉 내 큰조카다. 몇 달 전, 조카애들의 지방에 사시는 외할머니가 올라와 며칠 묵는 동안 키티의 긴 털에 질색한 끝에 다른 집에 보내버리겠다며 데리고 내려갔었다고 한다. 올케도 출근하고 집이 빈 새 그러셨다는 것이다. 그런데 그분 외손녀가 전화해서 통곡을 하는 바람에 그다음 날 아침에 도로 데려오셨단다. 키티도 집에 돌아올 때까지 아무것도 안 먹고 울어댔다나. 평소에는 좀체 울지 않는 키티인데 말이다. 그 곤욕을 치르셨으니 다시는 안 데려가실 것이다. 에휴, 키티, 하마터면 큰일 날 뻔했다!

매너

란아는 화장실 출입구 턱에 앞발을 얹고 엉덩이를 낮춘 자세로 용변을 본다. 언제 어디서나 기품 있다. 명랑이는 용변 전후로 모래 폭풍을 일으킨다. 그리고 화장실에서 튀어나와서는 준마 같은 기세로 한바탕 뛰어다닐 때가 있다. 쾌변이었나 보다. 보꼬는 이게 고양이인지 뭔지, 개념 없다. 응가를 해놓고 덮지 않는다. 제 발에 응가가 묻을까 봐 그러는지 모래를 긁을 때도 엉뚱한 데만 몇 번 긁는 시늉이고, 그냥 나온다. 그러면 명랑이가 들어가서 아주 잘 덮어놓는다. 보꼬는 게으른 데다 지저분하기까지 한 귀공녀 같다. 어이, 우람한 미녀! 얼굴은 예뻐 갖고 말이야!

발톱 깎기

"란아~ 란! 란꽁이 어딨니?"

란아는 털 빗겨주는 걸 좋아해서 내가 빗을 들고 있으면
제 발로 걸어와 앞에 앉는다. 내 손길에 고르릉 소리를 내는
유일한 시간이다. 하지만 발톱깎이를 꺼내들면 얼른 숨어버
린다. 항상 내 곁을 맴도는 명랑이와 굼뜬 보꼬 먼저 발톱을
깎아주고 나서 란아를 찾는다. 그래도 정작 발톱 깎기에 제
일 마음 편한 상대는 란아다. 나긋나긋한 발을 쥐는 감촉도
좋고 뒷발도 고분고분 내맡긴다. 보꼬랑 명랑이는 몸을 뻗대
서 자세 잡기도 불편하고, 참을성이 없어서 발톱 한두 개를
못 깎고 놓치기도 한다. 발톱 깎기는 보름에 한 번 꼴 행사
다. 어쩌다 내가 바빠서 한 달 가까이 지날 때가 있다. 그러
면 발톱이 아주 긴 갈고리 같아지는데, 그걸 깎아줄 때의 쾌

감이란 이루 말할 수 없다.

보꼬 발톱은 넓적하고 두껍다. 비만과 관련 있는 듯한데,
건강에 이상이 있는 증표 아닐까 걱정스럽다.

안자바

'앉으면 자세가 바르게 됩니다'

'안자바'에 적혀 있는 구절이다. 안자바는 인터넷 서점에서
50퍼센트 할인 광고를 보고 산 기능성 방석이다. 엉덩이가 한
쪽으로 쌀그러지지 않도록 잡아주고 허벅지를 모아주는 구
조인데 꽤 편하다. 가랑이쯤 볼록하게 솟은 구조물은 오래
앉아 있어도 엉덩이가 미끄러져 내려가지 않게 하는 역할을
한다. 인터넷을 통해 산 아이디어 상품 중 드물게 구매를 후
회하지 않고 애용하던 안자바가 언젠가부터 방바닥에 있다.
그 위에는 대개 란아가 둥지를 틀고 있는데 보꼬도 명랑이도
기회만 닿으면 차지한다. 고양이한테 합격점을 받은 물품은
믿을 만하다. 맨바닥보다 신문지 한 장이라도 깔고 앉기 좋
아하는 고양이는 편한 것을 귀신같이 알아채기 때문이다. 고

양이가 자주 앉아 있는 곳은 그 방에서 가장 좋은 장소라는 말이 있을 정도다.

어느 날 란아가 컴퓨터 앞 의자에 곱다랗게 웅크리고 자고 있었다. 얘가 웬일이야? 아, 안자바가 마음에 들었구나! 나는 흐뭇해서 얼른 사진을 찍었다. 그 뒤 란아는 자주 거기 자리를 잡았는데 오르락내리락하다 안자바가 의자 밑으로 떨어졌나 보다. 의자 밑 안자바에 란아가 웅크리고 있기에 나는 맨 의자에 앉았다. 그때 한 번만 양보할 생각이었는데 어느새 야옹이들 차지가 됐다.

오랜만에 비어 있는 안자바를 주워 깔고 앉았다. 아, 편하다! 하나 더 사야 하나? 안자바, 비싼데…….

십시일반

길에서 병을 얻었거나 교통사고를 당했거나 사람한테 심하게 해코지를 당해 몸을 못 쓰게 된 고양이들이 있다. 대개 뒷다리가 마비되어 용변도 사람 손으로 도와야 한다. 멀쩡한 고양이들도 입양이 힘든데 이런 장애고양이를 받아들여 품어주는 사람들이 있다. 아주 드물게. 걸음마도 못하는 어린 아기 돌보듯 매여 있어야 하니 여간 희생정신과 자애심이 있지 않고서야 가능하지 않은 일이기 때문이다. 나는 엄두도 못 내겠다.

인터넷 카페 〈냥이네〉의 메인 화면을 보면 초롱초롱한 눈망울의 사랑스런 고양이 사진들이 있는데 개들은 전부 보호의 손길을 간절히 기다리는 장애고양이들이다. 전적으로 평생을 책임져줄 사람을 만나기 어려우니만치 마음 따뜻한 사람들이 형편 닿는 대로 몇 주나 몇 달씩 돌아가면서 맡아준다. 그렇게 여러 집을 전전하면서 한 살 한 살 먹어가는 가엾은 고양이들. 그래서 어딘지 불안하고 고적해 보이는 눈빛들. 그나마 그런 임시 보호처도 끊기거나 애초에 구하지 못한 고양이들이 꽤 된다. 대개 성치 않은 상태로 길에서 구조된 애들인데 멀쩡한 고양이도 살기 힘든 거리에 도로 풀어놓을 수는 없는 일이다. 그래서 〈냥이네〉의 장애고양이 담당 스태프가 어렵사리 생각해낸 게 '십시일반 통장'이다. 갈 데 없는 장애고양이들을 수용할 방을 얻을 보증금 5백만 원을 모으자는 것이다. 한 사람이 천 원씩이라도 후원해주십사 하는 것인데 회원이 20만 명이 넘건만 뜻밖에도 호락호락 모이지가 않고 있다. 아마 '십시일반 통장' 게시글을 눈여겨본 회원이 적기 때문이리라. 겨우 5백만 원인데……. 가난뱅이라는 내 처지가 답답하다.

나도 '후원물품 벼룩' 코너에서 만화책을 구매하지 않았으면 장애고양이들에 대해 알지 못했을 것이다. 후원물품으로 책을 자주 올려서 눈에 익은 '현파'라는 닉네임이 있다. 그의 게시물 제목엔 꼭 '용무 후원'이라고 명시돼 있었다. '용무 후원'은 또 뭘까 궁금해 검색하다가 무슨 뜻인지 알게 됐고, 추적하다 보니 '십시일반 통장' 게시물이 있었다. '용무'는 '용진'이와 '무진'이라는 장애고양이들 이름을 합친 것인데, 그 두 고양이는 가슴 아픈 경로로 이미 무지개다리를 건너간 듯하다. 그래서 본격적으로 장애고양이들을 따로 후원하게 돼 지어진 이름이 아닐까 짐작된다.

전에는 나도 길고양이를 치료하느라 많은 돈을 들이는 건 합리적이지 못한 짓이라고 생각했었다. 그 비용을 건강한 길고양이들에게 쓰는 게 낫다고. 하지만 '합리'라는 게 뭘까? 이치에 맞는, 즉 도리 아닐까? 살려달라고, 살겠다고 생명의 의지를 보이며 간절히 바라보는 그 눈빛을 저버리지 않는 게 사람의 근본도리일 것이라고 지금은 생각한다. 더욱이 그 고양이들이 다친 건 전적으로 우리 인간 탓이다. 만일 내가 달리는 자동차에 맞닥뜨린 고양이라면? 상상만 해도 그 무시무시한 폭력성에 정신이 아뜩하고 속이 메슥거린다.

구조가 필요한 고양이를 만나는 건 캣맘들에게 거의 공포다. 포획하고 치료하고 지속적으로 돌보는 것, 이 모든 게 한 개인이 감당하기에는 벅찬 일이기 때문이다. 그래서 캣맘 중에 로또를 사는 이가 많은 듯하다. 로또보다 백만 배 실현성 있고 바람직한 방책이 십시일반이겠지.

키튼 사료

친구들이 집 근처 술집에 모여 있다는 전화 메시지를 밤 늦은 시간에 들었다. 고양이 밥을 챙겨 들고 집을 나섰다. 먼저 술집에 들러 안주를 깨작거리다가 고양이 밥 주러 다녀오겠다고 하자 한 친구가 따라나섰다. 함께 동네 한 바퀴를 돌고나서 그 친구가 깊은 한숨을 쉬며 자못 침통하게 말했다.

"네가 전생에 큰 죄를 지었나 보다. 그것도 고양이한테 큰 죄를 지었나 보다."

"그러게 말이야."

나는 비식 웃다가 속으로 고개를 마구 저었다. 그렇게 생각하면 고양이들이나 나나 얼마나 구차하고 칙칙한 노릇인가? 즐겁게, 즐겁게, 기꺼이! 야옹이들아, 늘 즐겁지만은 못하지만 기꺼이란다. 알지? 더 좋은 사료를 주지 못해 미안할

따름.

　고양이카페에서 벼룩물품을 몇 차례 주고받다 친분이 생긴 현파 님이 내가 찜한 책들과 함께 많은 선물을 보내왔다. 배보다 배꼽이 더 큰 형국이었다. 아로마테라피 세트와 고양이 간식들과 키튼 사료 두 봉지. 키튼 사료를 보니 기뻤다. 이제 소년소녀가 된 교회 윗집 까망이들 생각이 났기 때문이다. 어린고양이들이 눈에 띄어도 따로 키튼 사료를 줘본 적이 없다. 항상 싸구려 전 연령 사료였다. 키튼 사료에는 어린 고양이들한테 필요한 영양소가 첨가돼서 더 비싸다. 거친 사료를 오독오독 깨물어 먹는 새끼고양이를 보면 어쩐지 장난감 없이 유년기를 보내는 아이들 같아 짠할 때가 있다. 육회나 내장탕 같은 어른 음식을 잘 먹는 아이 같기도 하고.

떠보기

명랑이한테 간식캔을 덜어주고 방 안을 둘러보면 보일러
실 문 앞 방석에 엎드린 채 고개를 쳐든 보꼬와 눈이 마주치
곤 했다. 보꼬는 꼼짝도 않고 그저 지켜봤다. 마치 어디 나한
테도 주나 안 주나 두고 보자, 나를 떠보는 듯이. 그러면 접
시에 간식캔을 담아 코앞에 갖다 바쳤다. 가끔은 부러 둘러
보지 않았다. 되도록 보꼬가 덜 먹기를 바라서다. 눈이 마주
치지 않으면 내가 저를 못 본 줄 알 테니 삐치지 않겠지. 저
를 빼먹으니까 보꼬는 '나 여기 있는데 못 봤나? 못 본 건가?'
알쏭달쏭할 것이다. 몇 차례 그러다 보니 '이건 문제가 심각
한데!' 위기감을 느꼈나 보다. 따콩! 깡통 따는 소리가 나면
보꼬가, 보꼬로서는 드물게 심각한 얼굴로 주시하며, 뚜걱뚜
걱뚜걱 급히 다가온다.

"보꼬니?"

쿡쿡 웃으면서 보꼬한테도 한 접시. 그러나 조금만 담아서.

실례합니다

코끝부터 꼬리 끝까지 예쁘지 않은 데가 없는 란아. 날씬하고 날렵하고 발랄하고 우아하다. 가히 야옹이계의 이효리라 할 만하다. 보꼬한테는 더없이 상냥한 언니고 명랑이한테는 뭐든 다 뺏겨주는 순한 누이면서 나한테만 쌀쌀하고 도도한 란아.

그래도 몇 달 전부터는 내가 긴 외출 끝에 막 현관문을 열고 들어설 때나 오래 잔 뒤 바깥방으로 나갈 때면, 꼭 다문 입가가 귀밑까지 치켜 올라간 웃는 얼굴로 눈은 반짝반짝, 캣타워 맨 윗단으로 정구공처럼 튀어 올라가 스크래처 기둥을 앞발로 끌어안고 뒹굴며 바바박 긁다가 어깨까지 허공에 착 늘어뜨린다. 아, 나를 반기는 란아의 그 세레머니에 내 어찌 감동하지 않을쏘냐! 그러나 그때뿐, 내 손길을 살살 피하는 건 여전하다. 게다가 워낙 조신하기 때문에 나도 란아를 조심스럽게 대하게 된다.

싱크대에 볼 일이 있어도 그 밑에서 란아가 물을 마시거나 밥을 먹고 있으면 발을 멈추고 기다린다. 창고로 쓰는 보일러실에서 뭘 꺼내고 싶어도 문 앞에 란아가 자리를 틀고 있으면 역시 되돌아선다. 보일러실에 들여놓은 세탁기에서 세탁 종료를 알리는 알람이 울리면 난감하다.

"란아, 좀 비켜줄래?"

부탁해도 란아가 못 들은 척 그대로 엎드려 있으면 우두커니 내려보다가 돌아선다. 보꼬가 있을 때면 "보꼬야, 잠깐만" 하면서 문 손잡이를 돌리는데. 그러면 보꼬는 "아르릉~" 불평 소리를 내지만 얼른 일어나 쌩하니 비켜준다. 비켜주는 정도가 아니라 가버린다. 아주 멀찌감치 비킴으로써 불만을 드러내는 거겠지? 란아님한테는 감히 비키게 하지 못하고 처분을 바라며 기다리는 수밖에 없다. 세탁기 속에서 세탁물들이 서로 엉긴 채 비틀어지거나 말거나.

부뚜막 고양이

'얌전한 고양이 부뚜막에 먼저 올라간다'는 란아한테 해당하는 속담이다. 란아는 조신하고 새침하기 이를 데 없으면서 은근히 부잡스럽고 말썽을 부린다. 혹시 내 외투나 카디건에 단추가 한두 개 떨어져 있는 걸 보게 되면 란아 작품인 줄 아시라. 내가 옷차림에 좀 무신경하달까 무던하기 망정이지 그렇지 않았다면 란아랑 티격태격하기 일쑤였을 것이다. 아니면 의자 등받이에 절대 단추 달린 옷을 걸쳐놓지 않거나.

의자 등받이에 걸린 내 옷을 끌어내려 깔아뭉개고 자는 것도 란아고, 매달려서 단추를 뜯어내는 것도 란아다. 방바닥에 난데없는 프라이드 치킨 조각이 나타날 때가 있는데 그것도 란아 짓이다. 애들 셋 다 사람 음식에 관심이 없기 때문에 방심하고 먹다 남긴 프라이드 치킨을 밥상에 그대로 두면 어쩌다 심심한 란아가 한 조각쯤 가져가 깨작거리다 그걸로 축구를 하는 것이다. 란아 앞발에 채이다 방치된 치킨 조각에 여름이면 개미가 바글거린다.

보꼬랑 명랑이는 안 그런데 란아는 꽃에도 관심이 많다. 꽃병의 꽃보다 화분의 꽃에 더 관심이 많다. 몇 년 전에는 이사 선물로 받은 화분이 많았었는데 그중 두 개가 란아의 관심을 받던 몇 달 뒤 무지개다리를 건넜다. 그래서 남은 화분들을 다른 집으로 망명 보냈다. 그래도 살다 보니 다시 작은 화분 네 개가 생겼다. 정체 모를 식물 하나와 허브 둘, 손가락 한 마디쯤 되는 키의 다육이 하나. 정체 모를 식물은 가늘고 질긴 목질의 줄기가 전깃줄처럼 늘어져 있는데 푸릇푸릇 싱싱하나 어딘지 풀 먹인 헝겊 같은 이파리가 무성하게 달려 있다. 다행히도 란아 취향이 아닌지 3년째 건재하다. 허브는 란아가 싫어하는 냄새라서 건재. 다육이는 화초 좋아하는 친구가 모래가 가득 든 질그릇 화분에 심어서 선물한 것이다. 물을 주는 둥 마는 둥 하라고 해서 그에 따랐더니 1년째 크는 둥 마는 둥이었다. 들여다볼 때마다 '죽었니, 살았니?' 묻고 싶었다. 그 다육이가 드디어 무지개다리를 건넜다.

방바닥에 누르스름한 게 엎어져 있어서 처음에는 보꼬가 또 뭘 토했는지 알고 욕을 했다. 그런데 엎드려서 가까이 보니 다육이가 흙투성이 뿌리째 뽑힌 것이었다. 얼른 제자리에 꽂아놓고 다독다독 모래를 덮어줬다. 애들이 과격하게 놀다가 다육이를 건드렸겠거니 생각했다. 란아가 참 오래 화분 저지레를 하지 않았기 때문에 의심하지 않았다. 그런데 다음 날도 다육이가 또 뽑혀서 방바닥에 떨어져 있는 게 아닌가?

"아, 누가 자꾸 뽑아버리는 거야?"

소리치며 도로 꽂아놓았다. 보나마나 란아였다. 그다음 날도 또 뽑혀 있고 도로 꽂고……. 다육이가 말라 비틀어졌다. 란아 녀석은 '아, 누가 자꾸 꽂아놓는 거야?' 하듯이 악착같이도 뽑았다. 다육아, 지켜주지 못해서 미안해.

처음 나와 함께 살기 시작했을 때, 내가 싫고 무서워서 철장 3층에 웅크리고 있다가도 네 화장실을 치우느라 그 밑에서 왔다갔다하는 내 머리카락을 향해 참지 못하고 발을 뻗었지. 네 발톱에 찍힌 정수리가 아팠지만 네가 장난을 거는 게 기뻤단다. 어릴 때부터 호기심 많고 장난기 많았던 우리 란아.

잠자는 숲

고양이들은 하루 평균 열여섯 시간을 잔다고 한다. 나도 그렇게 잘 수 있는데 능력을 발휘할 처지가 못 된다. 소복소복소복, 꽃가루처럼 나려 쌓인 잠기운을 덮고 야옹이들이 예제서 뒹굴며 자고 있다. 허리나 잠깐 펼까? 나도 슬슬 의자에서 기어 내려가 한 옆에 누웠다. 방 안 가득 노란 햇빛, 꿀처럼 다디단 잠이 눈꺼풀에 들러붙는다.

앗! 몇 시간이나 잔 거지? 소스라쳐 깨서 눈을 뜨자 저녁 햇살이 뉘엿뉘엿. 그새 내 옆구리에 붙어서 자던 명랑이가 내가 깬 것을 눈치챘는지 몸을 일으켜 머리 쪽으로 다가온다. 자는 척, 도로 눈을 감는다. 명랑이가 촉촉한 콧등을 내 코밑에 댄다. 뭐야? 죽었나 살았나 조사하는 거냐? 아니면 이제 잠자는 숲에 온 왕자님이 된 겁니까? 웃음을 꾹 참으며 계속 자는 체한다. 속아 넘어갈까? 애들은 뇌파로 알아채는 거 아닐까? 궁금해하면서 잠자는 모드 숨을 들이쉬고 내쉬다가 도로 잠이 들었다.

고양이집사들이여,
야옹이들과 함께
오래오래 행복합시다!

란아, 보꼬, 명랑이. 우리 집 세 고양이는 개성이 다 다르다. 하지만 본성은 같다. 고양이! 알면 알수록 고양이라는 존재는 황홀한 피조물이다. 어쩌면 이렇게 완벽할 수 있을까? 감정 섬세하고 자존심 강하고 상대에 대한 배려심 많고, 몸가짐은 우아하고 표정은 풍부하다. 생동감 넘치면서 부드럽고 온화하다. 바라만 보고 있어도 행복감이 차오른다. 그 맑고 곧고 담담한 눈빛을 마주 보면 정신이랄까 영혼이 정화되는 듯하다. 고양이한테는 영적인 뭔가가 느껴진다. 고결한 영이(고양이한테 해코지하는 사람의 심리는 추측건대, 비천한 생명체가 어쩌다 몰락한 고결한 생명체를 만나자 짓밟는 데 쾌감을 느껴서 그러는 것 같다. 좋은 것, 고매한 것에 대한 악의에 찬 가학 심리인 것이다).

이런 멋진 피조물들과 함께 뒹굴고, 안을 수도 있고 쓰다 듬을 수도 있다니 내 인생의 드문 행운이며 지복이다. 고양 이를 대신할 수 있는 건 아무것도 없다. 고양이가 없는 집은 아무리 부유해도 뭔가 결정적인 것이 빠진 것 같다. 자기 고 양이를 가져보지 못한 사람은 결손된 삶을 사는 것이라 감히 말할 수 있다.

수입의 대부분을(워낙 수입이 적은 내 경우다) 저들에게 쓰 고 기꺼이 시중들면서 가끔 황송하기도 한 게 고양이다. 그 래서 우리, 집에 고양이를 기르는 사람들은 스스로를 고양이 집사라 칭한다. 때로 그 희생이 과도하기도 하지만 고양이라 는 종족은 그걸 보상하고도 남을 만큼 순수하고 진정한 사랑 을, 그래서 위안과 생기를, 곧 뼛속까지 훈훈해지는 행복감 을 준다. 사랑이라는 게 감정 상태인지 영적 상태인지 헷갈 리게 하는 그 행복감! 내가 바깥고양이들과 연루돼 겪는 고 달픔은 우리 란아, 보꼬, 명랑이가 주는 행운을 갚는 셈인가 보다. 당최 공짜가 없구나.

우다다, 삼냥이

초판 1쇄 인쇄 2013년 3월 8일
초판 1쇄 발행 2013년 3월 14일

지은이 황인숙 | **그림** 염성순 | **발행인** 정상우
기획 김영훈 | **편집** 이민정 정희정 | **마케팅** 김영란 | **관리** 김정숙

발행처 오픈하우스 @openhousebooks | **출판등록** 2007년 11월 29일 (제13-237호)
주소 서울시 마포구 서교동 465-18 (121-842) | **전화** 02-333-3705 | **팩스** 02-333-3745
홈페이지 www.openhousebooks.com

ISBN 978-89-93824-75-9 (03810)